小学館文庫

ショートショート

千夜一夜

田丸雅智

デザイン／高柳雅人
イラスト／alma

ショートショート千夜一夜

目次

燈明様 7
ヒモくじ屋 15
雨ドーム 29
人魚すくい 37
絵描きの八百屋 51
粉もん体質 65
ストライプ 79
御輿の神様 89
ラムネーゼ 105
バベルの刀 117
皮財布 129

鼻ガンマン 139
巻舌 153
獅子舞の夜 163
指輪投げ 175
壺のツボ 187
人面屋 197
九須 209
夕焼き屋 219
さくら隠し 231
あとがきの夜 しりあがり寿 247

★燈明様

最後の提灯《ちょうちん》を吊《つ》りさげると、忍び寄る夕闇に気がついた。

おれは工具を片づけて、多魔坂《たまさか》神社の参道の奥、本殿の近くに構えられた本部のテントへと戻っていった。その周辺では、すでにバーベキューの用意が整っている。

大人たちとジンジャーエールで乾杯すると、祭りの前夜は幕を開けた。

祭匠組《さいしょう》。そう名づけられたボランティアグループの人たちの下につき、おれたち中学生も学生ボランティアとして祭りの準備に携わる。それが、この地域の伝統的なやり方だった。

おれは、祭匠組の長を務める康《やす》さんというおじさんと同じテーブルについた。運ばれてくる肉や野菜を、どんどん頬張る。

そのうち、あることに気がついて、隣に座る友人に向かって口を開いた。

「おい、うつすなよ。祭りは明日なんだから」

友人は、おれのすぐ横で鼻をずるずるいわせていたのだった。彼は、うとましそうに返事をした。

「分かってるよ」

「ははは、細かいことは言わないことだ。なにしろ明日は祭りなんだから」

笑い飛ばす康さんの目の前で、友人は盛大に洟《はな》をかむ。

康さんが何杯目かのビールを呷《あお》ったときだった。

赤らんだ顔で、彼は誰に言うでもなくつぶやいた。

「もうすぐだなあ、燈明様がやってくるのは」

聞こえるか聞こえないかの小さな声を、おれは逃さず聞きとっていた。そして、耳にしたことのないその単語に、首をかしげて尋ねてみた。

「康さん、トウミョウサマって何ですか？」

「ああ、そうか」

康さんは、顔をあげて口を開いた。

「きみらは初めてだから、知らないのか」

「何のことですか？」

友人も、箸をとめてこちらの会話に加わった。

康さんはおれたち二人を交互に見やりながら、にこやかに言った。

「今夜ここに、神様がやってくるんだよ」

おれも友人も、ぽかんとしてしまった。

――神様がくる――

そんな言葉が大人の口から出てくるとは思わなかった。康さんは酔っぱらってしまったのだろうか……。

そんなことを考えていると、康さんはこちらの心を見透かしたように言った。

「まあ、初めて聞くには少々不思議な話だろうけど」

そして、ビールに口をつけてつづけた。

「祭匠組では有名な話でなあ。一年中、うちの町を駆けずりまわった神様が、祭りの前夜にこの本殿に帰ってくるんだよ。そうして祭りのあいだ束《つか》の間の休息を過ごしたら、また町へと戻っていくんだ」

周りでは、ほかの大人たちも、うんうんとうなずいている。

おれたちは、康さんの言葉に聞き入った。

「その神様が、燈明様という愛称で親しまれていてね。燈明様は、灯《あか》りをつかさどる神様なんだ。灯りというのは、人が生きていくのに欠かせないものだろう？　昔から、この地域に住む人たちは、燈明様のともしてくれる灯りを頼りに暮らしてきたんだ。

もちろん、それは今でも変わらない。きみらは、街灯を見て不思議に思ったことはないかい？」

「街灯ですか……？」

二人そろって首をひねった。

「じつは、この町の街灯には電球がついていないんだ」

「……ほんとうですか？」

「もちろんさ。なぜだと思う？」

一拍置いて、おれは答える。

「燈明様……？」

「そう、そのとおり」

康さんは得意そうに口にする。

「この町の街灯には電球なんて必要ない。夜が来ると、ぽつりぽつりと自然に灯りがともりだすんだ。大通りにある街灯、狭い道にある街灯、団地の中にある街灯……それらに光がもたらされるのは燈明様のおかげでなあ。逆に言うと、それが神様の大事な仕事ということだ。

街灯に、ぽっと灯りがともる瞬間に出くわすと、ときどき灯りを横切る小さな人影を見ることもある。目にすると良いことが起こると言われる、縁起ものの影なんだ」

思い浮かんだのは、障子に映る人影だ。くっきり刻まれた黒い影は、軽い足取りで跳ねていく。

「それから、燈明様の灯りには人の心を明るくさせる力がある。眺めているだけで、気持ちがほっと安らぐんだな。町の治安が守られているのは、そのおかげさ」

不意に康さんは、腕時計に目をやった。

そして顔をあげ、参道の先——鳥居のほうへと視線を移した。

「さあ、そろそろやってくる頃合いだ」

とつぜんの言葉に、おれは焦って声をあげた。

「やってくるって、その神様が、ですか⁉」

康さんは、にっこりうなずいた。

「そう、日が沈み切ると、燈明様のお出ましだ」

「でも、いったいどこから……ここらに街灯なんてありませんよ？」

おれは友人と一緒になって、きょろきょろあたりを見回した。

「きみらが手伝ってくれたじゃないか」

「手伝った？」

「ははは、提灯だよ。おかしいとは思わなかったのかい？　あの中には、ロウソクも電球も、何にも入っていないじゃないか」

「ええっ！　それじゃあ、どうして灯りがつく……あっ！」

「そのとおり。燈明様はあの提灯をつたって本殿へと帰ってくる。順々に、灯りをともしてくれながらね」

そのときだった。

康さんが急に立ち上がり、大声をあげてみんなに知らせた。

「ほうら、来たぞ！」

その掛け声で、場の全員がいっせいに神社の入口へと目をやった。

鳥居のあたりの提灯がぽっと黄色くなったと思ったら、こちらに向かってどんどん灯りがともりはじめる。光の波が押し寄せてくるかのような光景に、おれは言葉を失った。

「来た来た、来たぞぉ！」

康さんたちは大盛りあがりで、子供のようにはしゃいでいる。

灯りはぐんぐんやってくる。あたりは次第に華やいでいく。

と、テントの横の提灯がぽっと染まったかと思った刹那《せつな》だった。横を向いたおれの視界に友人の顔が入ってきて、思わずあっと声をあげた。

すべては一瞬の出来事だった。にも拘《かか》わらず、おれの目にはスローモーションでその映像が見えていた。

友人は、おれと同じく忘我の境地で提灯の列を眺めていた。目に飛びこんだのは、その鼻だった。呆然《ぼうぜん》とするあまりだろう、彼の鼻にはぷっくりと、まぬけな鼻提灯ができていたのだ。

それにぽっと、灯りがともる。

燈明様！

まばたきをする直前に、おれはたしかに、小さな人影が鼻先に下がった灯りの中を駆けていくのをこの目で見た。


——祭りがはじまる——


本殿に吊るされた提灯に、灯りがわぁっと広がった。

自然と身体《からだ》がぶるっと震える。

その瞬間に友人の鼻提灯が破裂して、黄色い花火が宙に散った。

★ ヒモくじ屋

「よってらっしゃい、見てらっしゃい。ヒモくじ屋、ヒモくじ屋だよぉ」

夕闇の参道に、ひときわ明るい声をあげる屋台があった。

「さぁさ、よってらっしゃい、見てらっしゃい。挑戦する人いらっしゃい」

おばちゃんの陽気な声につられてか、子供たちがわあっと屋台に集まってくる。

屋台には、ヒモがたくさん伸びた大きな箱が置かれてあった。

「おばちゃん、ヒモくじって、何なの？」

ひとりの少年が、進みでて尋ねた。

「いらっしゃい。ヒモくじはね、ヒモを引いて景品を当てる遊びのことさ。ほら、ここにヒモの束があるだろう？」

少年は小さくうなずく。

「どれでも一本、好きなヒモを選ぶのさ。そしてそれを力いっぱい引き抜けば、ヒモの先についてるものが手に入るんだ」

「ヒモには何がついてるの？　箱の中は見えないけど……」

少年の指摘したとおりだった。どんと置かれた大きな箱は黒い板で覆われていて、ヒモの先は見えないようになっていた。

「いいところに気がついた。それがうちの特徴でね」

おばちゃんは言う。

「うちの景品は、何でもアリというわけだ」

「何でもって？」

「何でもさ。箱の中には、自分が欲しいと念じたものが、どんなものでも現れる」

「本当に⁉」

「ああ、このあたしが保証するよ。中を見せてはやれないがね。ラジコンでも、野球盤でも、最新のゲーム機でも、小さいものから大きいものまで、念じたものが何でも中に現れる。ただし。それが当たるとは限らない。ハズレもたくさん混ざっているのを忘れちゃダメだ。それでもいいなら、やってくかい？」

少年は目を輝かせながらうなずいた。

お金を払うと、彼はしばらくのあいだヒモを選ぶ作業に熱中した。手にとって、どれにしようか見比べる。

「おばちゃん、これにする！」

吟味《ぎんみ》の末、少年はひとつを高く掲げて宣言した。

「あいよ。それじゃあ引っぱりな」

言われたとおりにグイグイ引くと、ヒモはどんどん外に出てきた。

「……まだ先っぽは見えないの？」

「がんばって引っぱることだ。うちの景品は、ちょっとやそっとじゃとれないよ」

そのときだった。少年の手に、突如、ガツンと重みが走った。

「おばちゃん、重くなった！」

「あと一息だ」

「あっ！」

叫んだとたん、取りだし穴からカラフルな小箱が現れた。

「うわあ！　欲しかったプラモデルだ！」

「よかったねぇ。それはあんたにとって三等賞の景品だ。あんたは欲しいものを五つ
頭に思い浮かべたろう？」

「なんで分かったの……？」

「あたしゃ、ヒモくじ屋だからねぇ」

おばちゃんは、からから笑う。

その声に見送られるようにして、少年は喜び走っていった。

彼と入れ替わるようにして、今度は少女が前にでてきた。

「ねぇ、おばちゃん、あたしもやりたい！」

握りしめた硬貨を差しだして、元気いっぱいに声をあげる。

「あいよ、お嬢ちゃん。さあ、好きなヒモを選んでみな」

少女は瞳をキラキラさせて、ヒモ選びに夢中になる。

「これにする！」

「ほんとにいいかい？」

言われて少女は、手にしたヒモを躊躇《ちゅうちょ》しながら元に戻した。

「……やっぱり、こっち！」

「あい、分かった。それじゃあ、欲しいものを念じながら引っぱってみな。当たるかどうかは運次第だよ」

少女はおそるおそる、ヒモを手前に引き寄せた。

しばらくのあいだ引きつづけると、やがて先端が現れた。

「うわあ！」

ヒモの先についていたのは、虹色をしたシュシュだった。

「それはお嬢ちゃんにとっての五等だねぇ。残念だった」

「残念なんかじゃ全然ない！　ずっと欲しかったやつだもん！」

「そうかい。そりゃあ、よかったよ」

「ありがとう、おばちゃん！」

手を振りながら去りゆく少女を見届けてから、おばちゃんは周囲に向かって呼びかけた。

「さあ、次の挑戦者はどの子だい？　誰の挑戦でも受け付けるよ」

屋台の前は、おれが、あたしが、と押し合い状態になった。

「こらこら、モメるんだったらジャンケンで決めてしまいな」

子供たちは輪になって、必死の表情で手を構える。

その瞬間のことだった。

「アニキ、こんなところにおかしな店がありますぜ」

いかにもガラの悪そうな若者たちが屋台の前にやってきた。スウェット姿のその三人は、威圧的な態度で周りの子供たちをにらみつける。彼らに道を譲るように、子供たちはこわごわ二手に分かれていく。

三人は、ぺっと地面に唾《つば》を吐いた。

「ほおお、兄さん。どうやら、ヒモくじ屋らしいですよ」

二人目の男が口を開く。

「へえ、ヒモくじ屋」

真ん中にいた兄貴分であろう男が、二人の声に応じて言った。男はポケットに手を突っこんだまま、ダルそうにつづけた。

「おい、ばばあ、なんだよ、ヒモくじ屋ってのは」

おばちゃんは、暴言にも顔色ひとつ変えずに言った。

「見てのとおり、ヒモを選んで景品を当てる、くじ屋だね」

「景品だって？　そんなもん、どこにあるんだ。箱の中は何も見えやしないじゃないか」

「それがうちのやり方なのさ。何が箱に入っているかは、引いてみなけりゃ分からない。ただし、ハズレもあるが、当たれば自分の望むものが手に入る。何でもね」

子分の二人が口をはさんだ。

「望むものが何でもだって？　ねぇアニキ、このばばあ、意味不明なことを言ってますぜ」

「おい、ばばあ、本気で言ってるのか、ええ？」

おばちゃんは、動じることなく口にする。

「もちろん、本気さ。この箱の中には、客が欲しいと念じたものが現れるんだ」

「ぷっ、アニキ、聞きましたか？　このばばあ、めちゃくちゃ言ってますぜ」

「とんだウソつき女だな」

二人に言われて、兄貴分の男は大げさに肩をすくめた。

「まあまあ、落ち着けおまえらよ。仕組みは、こんなとこだろう。何でも手に入ると言っておきゃあ、ガキは夢中になって金をつぎこむ。そしてタイミングを見計らって景品とやらを裏でこそこそ操作して、ときどきアタリを出してやる。そうすれば、ガキは余計にウソを信じて群がってくるって寸法よ。だがおまえら、声を荒らげちゃいけないぜ。このばばあも、生活するのに必死なんだからなあ。がっはっは」

「さすがはアニキ、心が広い」

「兄さん、一生ついていきます」

「インチキばばあにマジになってちゃあ、男がすたるぜ」

笑う男に、おばちゃんの目が急に鋭くなった。

「インチキだって？」

ただしおばちゃんは、あくまで落ち着いた声でつづけて言った。

「それは聞き捨てならないねぇ」

「どこが間違ってるっていうんだよ、ええ？」

「操作なんか、してやしないと言ってるのさ。そりゃあ、アタリもあれば、ハズレもある。だがうちは、とことん平等だ。運が強けりゃ、欲しいものが手に入る。それだけさ」

子供のひとりが、おばちゃんを援護するように口を開いた。

「おばちゃんの言ってることは、ほんとだよ！　だっておれ、日本代表のサインが入ったサッカーボールが当たったもん」

別の子供もつづけて言う。

「あたしなんて、一等賞でダックスフントが当たったよ！」

「ぼくは六等だったけど、花火セットが当たった！」

「おれが当てたのは鉄道模型だ！」

口々に叫ぶ子供たちに、男たちは少しひるみながらも悪態をついた。

「へっ、うるせぇガキどもだ」

「だまされてるのも知らずに、哀れなやつらだ。ねぇ、兄さん」

「がっはっは、どうやらこのばばあ、ガキどもにコビを売るのが商売らしいな」

品のない笑い声が響き渡る。

おばちゃんは、小さいながらも通る声でつぶやいた。

「はっ、自分で試す勇気もないお子ちゃまどもが、好きに言ってら」

「なんだと、ばばあ！」

子分たちは、いきりたった。

「アニキ、こんな店、ぶっこわしてやりましょう！」

「そうだ！　思い知らせてやりやしょう！」

「まあ、待て、おまえら。そこまで言うなら、試してやろうじゃないか。そのヒモくじとやらを」

兄貴はニラみをきかせながら言う。

「おい、ばばあ。箱の中には欲しいものが何でも現れるって言ったよなあ？」

「ああ、そうだとも」

「なあ、おまえら。何でも好きなものが手に入るそうだ。欲しいものを言ってみろ」

子分のひとりがすぐに答えた。

「おれはバイクが欲しいです」

「聞いたか、ばばあ。いったいこの箱のどこにバイクが入るっていうんだよ、ええ？」

「引いてみれば、分かることさ」

「がっはっは、あくまで譲らないつもりらしい。そっちがその気なら、いいぜ。ほらよ。これで三人分の金になるだろ？　おい、まずはおまえが引いて、インチキを暴いてやれ！」

命じられ、子分のひとりが腕をまくった。

「へいっ、アニキ。えっと、念じればいいんですっけえ？　ぷっ、あほらしい。まあ、じゃあ、バイクだ、バイク。バイク、バイク、バイク……」

つぶやきながら、適当にヒモを選んで引っぱった。

「ほおお、バイクがつながってるにしちゃあ、ずいぶん軽いことだなあ」

嫌味ったらしく、そいつは言う。

「おっ、なんだか少し重たくなった」

ヒモがどんどんたぐられていくのを、おばちゃんは静かに見守った。

「まだつづいてる。なんだこれ」

そう言って、力をこめたときだった。

箱の中から何かが現れ、次の瞬間、叫び声が一帯に響いていた。

ヒモの先についていたのは、なんと巨大なヘビだった。

「うわあああっ！」

鎌首をもたげて威嚇《いかく》するヘビに、そいつは腰を抜かして尻餅をついた。

「残念、ハズレだねぇ。大口をたたいておいて、そのざまかい」

挑戦的に笑うおばちゃんに、もうひとりの子分が躍りでた。

「こんの、ばばあ……おれがカタキをとってやる！」

言うが早いか、そいつは迷わずヒモを決め、グイと手前に引っぱった。

「革財布、革財布、革財布……来た来た、来たぞ！」

勢いこんでヒモをたぐる。

「ひいいいっ！　なんだこれえええっ！」

出てきたものを目にしたそいつは、情けない声をだしていた。

「ム、ム、ムカデだあああっ！」

先のやつと同じように、腰を抜かして地面に崩れる。

「あんたも、ハズレ。残念だったねぇ」

おばちゃんは淡々とした口調で言った。

「さあ、権利はあと一回分残ってる。最後は誰がやるのかい？　それともやらないのなら、お代は返すよ？」

　残りのひとり、兄貴は自分のうしろに隠れる二人を一瞥《いちべつ》した。

「まったく、情けないやつらだな。まあ、あとはおれに任せとけ」

「やるんだね？」

「やってやるとも。この狸《たぬき》ばばあめ、ぜったい泣かす！」

　男は子分たちの二の舞にならぬよう、慎重にヒモを選別した。

「おっと、待ちな。少しでも引っぱってたしかめたりしたら、アウトだよ」

「ちっ、うるせぇな」

　アタリとハズレのヒモには、何か区別があるはずだ。男はそう考えて、ひとつひとつ時間をかけて選《え》り分けていく。

　男の手が、ぴたりと止まった。

「がっはっは、これだ、これがアタリにちがいない。おい、ばばあ、ぬかったな。このヒモだけが、ほころんでるよ。これがアタリの印だろう？　子供はだませても、おれの目はごまかせなかったなあ！」

　おばちゃんの顔は、微動だにしない。

「決めたなら、つべこべ言わずにさっさと引きな。望みのものを思い浮かべながらね」

男はニヤリと笑みを浮かべた。

「望みのものか。ふん、それじゃあ、札束でも望むことにしようじゃないか。がっはっは、札束はおれのものだあああっ！」

力をこめて、グイッとヒモを引っぱった。

と、たぐったヒモの先を見て、男はおかしな声をあげた。

「なんだ、こりゃあ。ヒモの先に、べつのヒモがついてるぞ……」

首をかしげながらも、それをどんどん引き寄せる。

するするするっと先端まで抜き切った、刹那《せつな》だった。

子供たちの笑い声が、あたりにドカッと響き渡った。

「残念、あんたもハズレだねぇ」

おばちゃんは、冷たく言い放つ。

言われて男はようやく事態に気がついて、真っ赤な顔で叫んでいた。

「う、う、うわあああっ！」

スウェットパンツのヒモが抜け、男のズボンがずり落ちた。

★

雨ドーム

並んでいたのは、ドーム型をした小さなものたちだった。

「スノードーム、ですか……？」

目にした瞬間、わたしは自然と口にしていた。

スノードーム。ドームの中に、雪《スノー》を封じこめてしまったもの。ドームを逆さまにして、白い粒を天井へと昇らせる。そうして元のとおりに置いてあげると、家や教会、サンタなんかのミニチュア模型に雪がゆっくり舞い降りて、幻想的な光景が現れる。熱狂的なコレクターもいるほどだと、わたしは聞いたことがあった。

「いいえ、お客さん、よく見てください」

店主は少年のような瞳で言った。

「スノードームとは、似て非なるものなのです。これはレインドームというものでしてね」

「レインドーム？」

「はい、雨《レイン》をドームに封じこめた珍品です。うちは雪ではなくて、雨を扱う店なのですよ」

多魔坂《たまさか》神社の蚤《のみ》の市。その一角に出ていたお店に、わたしはすぅっと近づいた。遠目でも分かるほかの店とはちがう雰囲気に、強く惹《ひ》かれたのだった。

「雨を封じこめるって……」

「そのままの意味——本物の雨を封じこめているのです。スノードームは、雪に見える白い粒をドームの中に封入してあるだけのものですが、レインドームは、雨という自然現象そのものを閉じ込める。そうすると、こんなものができあがります」

店主は手近なひとつを、こちらのほうへと差しだした。それを見て、わたしは言葉を失った。不思議な光景に、すっかり見惚《みと》れてしまったのだ。

小さなドームのガラスの底には黒い石畳が敷かれていて、赤茶けた煉瓦《れんが》づくりの家が置かれていた。そのミニチュアに、淡い青色をした雨が静かに静かに降りそそぐ。石畳も煉瓦の家も、しっとり湿り気を帯びている。耳を澄ますと、しとしと音が聞こえてきた。

「こんなもの、いったいどうやって……」

つぶやくわたしに、店主は説明してくれた。

「ほら、雨宿り、という言葉があるでしょう?」

こくんと小さくうなずいた。

「雨があがるのを軒下なんかで待つということ。それがよく使われる、普通の意味です。しかしこの言葉には、我々業界人のあいだでよく知られている、もうひとつの意味がありましてね」

「と言いますと……?」

「言葉どおり、実際に雨が宿るのですよ。あるものに」

「あるもの?」

「草木のことです。草木は何日間も雨にさらされつづけると芯まで雨が沁《し》みわたり、雨が憑依《ひょうい》したとでも呼ぶべき具合になるのです。ただし、草木にも雨の宿りやすいものと、そうでないものがありまして、何でもいいわけではありません。宿りやすい代表例が、つゆ草です」

瞬間的に、わたしの頭に可憐《かれん》な花のイメージがぽっと浮かびあがってきた。水彩絵具を紙に落として滲《にじ》ませたような、淡い青。ひかえめにのった、鮮やかな黄色。

「雨がよく似合う花ですねぇ」

「雨の宿ったつゆ草は、雨空さながらになりましてね。小さな花びらから降りそそぐ滴《しずく》。雨量は時間とともに移ろって、ときに豪雨のように降りしきったり、ときに霧雨のように細かなものへと姿を変えたり。じっと眺めていると、その濃淡の美しさに惚《ほ》れぼれしてしまいます。どんなに雨が苦手な人でも、雨好きになること請け合いですね」

その映像を想像して、なんとも落ち着いた気分になる。

店主はつづける。

「そのつゆ草を、今度はすりつぶすのです。ちなみにお客さんは、色水遊びをやったことはありますか?」

わたしの中で、遠い記憶がよみがえってきた。ビニール袋に水と花びらを入れて、よく揉《も》んでやる。すると、花の色が水に移って、きれいな色水ができあがる。つゆ草は色水遊びにうってつけで、子供のころは、それを摘んでは薄青に染まった水を作りだして喜んでいたものだった。

「わたし、好きでした、色水遊び」

「あの色水を、雨宿りしたつゆ草で作ってあげるのです。すると袋の中で、不思議なことが起こりはじめる。ぽつりぽつりと、雨が降ってくるのです。袋の口に水滴がついて、そこから滴が落ちていく。それは中で循環して、断続的に降りつづきます」

「ははあ……」

「その色水をガラスのドームに詰めれば、レインドームの完成です。好き好きで、ドームの中に小さな町を再現したり、傘に入った寄り添う男女の人形などを入れたりすると、雨の情緒はより高まります。

レインドームはインテリアに最適で、地面で美しく跳ねる雨を見ているだけで心はしっとり落ち着きますし、ベッドサイドに置いておけば、心地よい雨音が深い眠りへといざなってくれます。ときどき遠くで雷鳴なんかも聞こえるのですが、ドームがぴかっと光るのを観察するのも、また乙《おつ》なものです」

わたしは改めて、店頭に並んだドームの数々を眺めてみた。よく見ると、ドームごとに様々な趣向が凝らされていた。

紫陽花《あじさい》が咲き誇る小さなお寺が設置されているのは、鎌倉にある明月院《めいげついいん》を模したドームだろうか。霧雨煙る中そびえ立つ時計台は、ロンドンのビッグ・ベンに見える。白木造りの静閑な館のある風景は、雨の町、雨美濃《あみの》のものにちがいない。

雨だけに、薄暗い色をしたものが多かった。でもそれが、かえって雨の魅力を引きたたせ、眺めていても気持ちはまったく沈まなかった。中にはいくつか、明るいドームもあった。きっと、お天気雨のドームだろう。店主の言うとおり、黄色い閃光《せんこう》を放つドームも見受けられた。

わたしはすっかり、レインドームの虜《とりこ》になった。

「そのご様子だと、気に入っていただけたようですね」

店主はにっこり微笑《ほほえ》んだ。

「ええ、もう、目が離せません」

こちらも笑顔でそれに応じる。

「うれしいお言葉です。そうだ、せっかくなので、ぜひもうひとつ、レインドームの見どころをご紹介させていただきましょう」

「ほかにも何か……？」

「ちょっと待っててくださいね」

そう言うと、店主はたくさんのドームをひとつひとつ順番にたしかめていった。

しばらくたって、店主はうれしそうに顔をあげる。

「ありました、ありました。これですよ」

わたしは首をかしげてしまった。そのドームは、ほかのものとあまり変わらなかったからだ。

「それが特別なものなんですか……？」

「いえ、もの自体は普通のレインドームなのですが、これのタイミングが一番よかったのですよ」

「タイミング……？」

「まあ、見ていてください」

ドームの中では、小雨がぽつりぽつりと降っている。

「そろそろです。ほら、だんだん雨が弱くなってきたでしょう？　なにも雨は、四六時中降りつづいているわけではないのです。そして条件がそろったとき、雨の恩恵がドームの中に現れる。これですよ」

わたしはあっと声をあげ、身を乗りだして眺め入った。

店主も慈《いつく》しむように、手のひらのそれを見つめている。

「いいでしょう？　雨《レイン》ドームはこうしてときどき、虹《レインボー》ドームへと変わるのです」

★

人魚すくい

「また海難事故らしいなぁ」

隣の席の同僚が、新聞を読みながら言った。

「最近、やけに多くないか？」

おれはその言葉に胸を痛めながらも黙っていた。

「なぁ、そう思わないか？」

返事を求める同僚に、おれはしぶしぶ口を開いた。

「そうだな……」

「ここ一か月だけで、もう何件目かなぁ。まるでバミューダ海域の魔のトライアングルだ」

「……」

「ん？　どうした？　何だか顔色が悪いな」

「いや……」

言葉を濁《にご》すおれに向かって、同僚はつづける。

「この事故には何か裏がありそうな気がしてならないよ。なぁ、おまえはどう思う?」

「どうって……」

おれは心の中で頭を抱えた。同僚に話してしまってラクになったほうがよいものか、このまま黙って闇に葬《ほうむ》るべきことなのか……。

しばしの沈黙のあと、決意を固めた。

「……なぁ、ちょっと聞いてほしい話があるんだよ」

同僚に、そう切りだした。

彼は不思議そうな顔をした。

「なんだよ急に、改まって」

「いやな……それが、この一連の海難事故の原因に、じつは心当たりがあるんだよ」

「なんだって?」

「たぶん事故は、おれがやったことと関係してるんじゃないかと思ってる」

今度は同僚が言葉を失う番だった。

彼は少しのあいだ考える様子を見せてから、おれの言葉をたしかめるように言った。

「……冗談なんかじゃないんだな?」

「残念ながら、おそらくね。おまえがどう判断するかは分からない。でも、思い当たるところがあるのは本当だ」

「……その話ってのは？」

促され、深呼吸をひとつした。

「あれはちょうど、一年くらい前のことだ」

おれは当時のことを思いだしながら語りはじめた。


多魔坂《たまさか》神社の代名詞のひとつ、喧嘩御輿《けんかみこし》のことはおまえもよく知ってるだろ。大勢の人でごった返す境内で男たちが御輿を担いでぶつけ合う、あの豪快な行事のことだ。

あの日おれは、喧嘩御輿を拝むために神社を訪れていたんだよ。

神社につくと、祭囃子《まつりばやし》が高らかに鳴り響いていた。

その音には男たちの血を騒がせる、不思議な何かがあるんだろう。境内は異様な熱気に満ちていて、エネルギーがあふれんばかりの様相だった。そこに御輿がやってきて、大賑《おおにぎ》わいの中で激しくぶつかり合う。おれは遠くから眺めてたんだけど、終始、圧倒されっぱなしだった。

その奇妙な店と出合ったのは、喧嘩御輿を堪能して、神社をあとにしようとしたときだった。参道から少し外れた奥まったところに、ぽつんと妖しい光を放つ屋台を見つけたんだ。

なんとなく好奇心をかきたてられて、おれは人ごみを離れてひとりそちらに近づいた。

「いらっしゃいまし」

不気味な笑顔で迎えてくれたのは、齢《よわい》八十はこえていそうな老人だった。

「どうも……」

そう返しながら屋台をのぞいたおれは、次の瞬間、我が目を疑うことになった。

屋台には、裸電球に照らされて大きな水槽が置かれてあった。それだけなら、よくある金魚すくいのものと変わらない。問題は、水槽の中身のほうだった。

不思議なことに、その水面は風もないのにうねっていた。ところどころに白波が立っていて、四方の壁に打ち寄せている。点在する小岩に波がぶつかって、水しぶきが吹きあがる。

それはまるで海を小さく切り取ってきたかのような光景だった。

さらに奇妙だったのは、そこで泳ぐ生き物たちだ。青い尾ひれを持った小指ほどのそいつらは、紛《まご》う方なきあの生き物だったんだ。

「お客さん、やっていきますか？」

言葉を失って立ち尽くしているおれに向かって、老人は言った。

「やるって、何を……？」

反射的に返していた。

「やですねぇ、人魚すくいに決まっているじゃないですか」

人魚すくい。そう、店の看板には、たしかにそんな言葉が書かれてあった。でも、あくまでそれは客寄せのためのジョークか何かで、おれは金魚すくいのことなんだろうと勝手に思いこんでいた。

だけど老人は、はっきり口にしたわけだ。

人魚すくい、と。

「それじゃあ、ここにいる生き物たちは……」

「人魚の稚魚ですよ、お客さん」

ばかな、と思ったよ。でも、目の前で尾ひれをくねらせ泳ぎ回っているのは、人魚以外の何物でもなかった。おれは混乱に陥りながらも、老人の言葉を信じないわけにはいかなかった。

「人魚すくい……」

「どうしますか、お客さん。冷やかしなら、お帰りくださいまし」

「いえ、そんなつもりは……」

「それでは、一回、五百円です」

その言葉には、有無を言わせぬ力があった。

おれは言われるままに財布から硬貨を取りだし、老人に渡していた。

「さぁ、これを」

金魚すくいで使うようなポイを差しだされ、アルミの器と一緒に受け取った。

「どうぞ、お楽しみくださいまし」

おれは水槽の中をのぞきこみ、泳ぐ人魚を観察した。どれも上半身は人間さながらで、下半身は魚のようになっていた。

稚魚だからかオスとメスの区別はつかなかったけど、人魚には尾ひれの色でいくつか種類があるようだった。青い鱗《うろこ》をキラキラさせているものが七割ほどで、赤いものが二割ほど。一割ほどが、黒い尾ひれを持っていた。

「色で何か、ちがいがあるんですか……？」

「赤が少し荒っぽく、黒はおとなしい性格をしています。青いものは、まあ、標準的なものですねぇ」

人魚たちは、水面付近を漂っていたり、活発に泳ぎ回ったり、ときどき勢いをつけて飛び跳ねるものもいた。岩場にちょこんと腰かけてくつろぐものや、中には腕枕をして眠るものもいる。

やるからには、ちゃんとすくってやろうじゃないか。

そう思い、おれはポイを構えて狙う人魚の見定めに入った。

はじめにおれは、岩場で眠っているやつをすくうことにした。だけど、ポイをそっと近づけたとたん、人魚は気配に気づいて水の中へと飛びこんだ。

おれはすぐに切り替えて、岩場で眠るほかの人魚に狙いをつけた。頭のほうから、ゆっくりポイを近づける。すると、またもや途中で逃げられた。

――岩場の人魚は難しそうだな――

そう判断して、水のほうへと視線を移した。

――といって、元気に動き回ってるやつらも厳しそうだなぁ――

最終的に、おれは水面付近を漂う人魚に狙いを定めてポイを慎重に近づけた。

いい位置に、青い尾ひれの人魚がきた。うしろのほうからポイを寄せる。

いまだと思った瞬間に、ポイを水に差し入れた。

「ちっ！」

人魚は身体《からだ》をくねらせ、すいすいすいっと逃げていった。

悔しさを抑えながら、おれは次のターゲットを探しにかかる。

獲物を決めるとポイを近づけ、さっと水に差し入れる。

よし！

と思った刹那《せつな》のこと。今度は人魚がもがいて紙が破け、そこからまんまと逃げられた。

いちど紙が破れると、展開はずいぶん不利になる。おれはなんとか気を落ち着けて、ポイをくるりと裏に返して面を変えた。そして、次こそはと再挑戦を試みた。

でも、何度やっても人魚はすんでのところで逃げていく。からかわれているような気になって、ムキになって追いかけた。気がつけば、ポイは穴だらけになっていた。

おれはわずかに残った紙の部分を見つめて、次が最後と覚悟した。

入念に獲物を見定め、ポイを構える。

いまだ！

そう思って勝負を仕掛けたときだった。おれに千載一遇のチャンスが舞いこんだ。

そこを岩場と錯覚したのか、差し入れたポイの枠に人魚がちょこんと腰かけたんだ。

その瞬間を逃すことなくおれは一気に引き上げて、放《ほう》るように器の中へと青い人魚を投げ入れた。

「お客さん、やりましたねぇ」

にやりと笑う老人に、おれも笑顔で応えていた。人魚は器の中で、背泳ぎをしながらこちらを見ている。

ポイはすっかり破けてしまって、もう使い物にはならなかった。

「一匹だけかぁ。金魚なら、もっとすくえたはずなのに……」

おれはうれしさ半分、悔しさ半分といった気持ちで、老人にポイと器を返却した。

「上等ですよ、お客さん。一匹もすくえず帰っていくのが、ふつうですからねぇ」

老人はビニール袋に人魚を入れて、袋の口をきゅっと閉じる。

「それにしても、不思議な体験をさせていただきましたよ……」

高揚した気分で、おれは袋を受け取った。

「それはようございました。どうぞ、大事に飼ってやってくださいまし」

「どうやって飼えばいいんですか?」

「海水を張った水槽に、人魚が休める岩を入れてやってくださいな。雑食ですから、エサは何でも結構です」

袋の中で、窮屈そうに人魚は泳ぐ。それにちらちら目をやりながら、おれは神社をあとにした。

家に帰ると、すぐに飼育環境を整えた。

海水と砂を入れた水槽に岩を据え、空気ポンプを設置してやる。海を再現しようと思って海藻を植えてやったりもした。人魚は満足そうに泳ぎ回って、疲れてしまうと岩の上で寝そべった。

驚いたのは、人魚がときどき唄を歌うことだった。岩場に腰かけ、高らかな声を響かせた。

それも、でたらめな歌なんかじゃない。神社で聞いて覚えたんだろう。祭囃子をまねた唄を歌ったりするんだから、おれは家に居ながら祭りの気分にひたったものだよ。

縁日ですくった金魚は短命なものが多いけど、人魚は幸か不幸か、そうはならなかった。よく食べ、よく寝て、日に日に大きくなっていった。

でも、大きくなるにつれて困ったことが出てきてしまった。だんだん水槽に収まらなくなってきたんだ。大きな水槽に移しかえてやったけど、すぐにそれにも収まらなくなってしまった。

ふた月もたたないうちに、人魚は鯉《こい》くらいの大きさにまで成長していた。

いったいどこまで大きくなるのか。最初は成長が楽しみでならなかったけど、しばらくすると、おれの中で不安が膨らんでいった。食費もばかにならなくて、財布からは飛ぶように金が消えていく。

三か月ほどがたったころだ。おれが音をあげたのは。

もう飼いきれない。一メートルほどになった人魚を前に、おれは頭をかきむしった。これ以上、人魚に金をつぎこむと、おれが生活していけやしない。

悩んだ末に、おれは決めた。人魚を海に放つことを。もちろん、悪いことだとは分かってた。だけど、ほかに手段を思いつかなかったんだ。

罪悪感にかられつつ、おれは人魚を車で運んで海に放った。人魚はしばらく波間で跳ねていたけれど、やがて海に潜って見えなくなった。

人魚との短い生活は、そうして幕を閉じたんだ。


同僚は、しばらくのあいだ黙っていた。

おれは話のフォローにと口を開いた。

「まあ、人魚の実物を見てないんだから、聞いたところで信じられないだろうけど。でもこれは、ほんとにあった話なんだ」

「うーん……」

困惑をあらわにした顔で、同僚は唸《うな》った。

「人魚ねぇ……どう受け取ったらいいものか……」

「リアクションに困るのも無理ないよ。おれだって、こんな話を聞かされたら、まず相手の正気を疑うだろうし」

「うーん……」

沈黙が流れていった。

やがて同僚が口を開いた。

「そういえば、そもそも何の話をしてたんだっけ……？」

「海難事故の話だろ？」

「そうだった。それなんだ、解《げ》せないのは。人魚の話が、何で海難事故とつながるんだよ」

渋い顔の同僚に、おれは言う。

「おれはこう思ってるんだ。一連の事故は、その人魚の仕業にちがいないと」

「なんだって？　人魚が事故を？　何を根拠に」

「ほら、昔から人魚の唄には船乗りたちを惑わす力があるって言われてるじゃないか。きっとおれの放った人魚が海で歌って、船乗りたちの正気を失わせているにちがいないと、おれはそう思ってる」

「……そりゃあ、そういう伝説を聞いたことはあるよ。でも仮に、人魚の話が本当だとしてもだぞ？　偶然だってことも十分に考えられる話じゃないか。人魚が絡んでくる必然性が見いだせない」

声を高める同僚に、おれは冷静に返事をする。

「それが、問題なのは事故の中身のことなんだ」

「中身……？」

「一連の事故が、すべて同じようにして起こってるのは知ってるだろ？」

「……たしかにそうだ。でも、それが人魚と、どう関係してるっていうんだよ」

「さっきおれはこう言った。人魚はときどき、祭囃子をまねた唄を歌ってたって。そして祭囃子には、男たちの血を騒がせる何かがあるって」

とたんに悟ったような同僚に、おれはつづけて事実を告げる。

「海難事故は、すべて船と船が正面からぶつかり合って起こってるんだ。まるで多魔坂神社の喧嘩御輿みたいにな」

★ 絵描きの八百屋

秋風が吹き抜けると、私はコートの襟《えり》に首を沈めた。黄昏時《たそがれどき》ともなれば、もはや濃密な冬の気配があちらこちらに漂っている。

早く仕事が引けたので、いつもと違うルートでのらりくらりと帰宅していた。近所の神社を通りかかると蚤《のみ》の市が開かれているようだったので、私は暇つぶしに寄ってみることにした。

ぶらぶらと、いろんな店を見て歩いているときだった。

ふと、たくさんの人たちが一角に押し寄せているのが目に入った。誰もかれもが買い物帰りといった風情で腕に袋をさげている。神社とのミスマッチな感じに惹《ひ》かれて、私はそちらに近づいてみた。

賑《にぎ》やかな男女の波をかき分けて、前のほうへと進んでいく。人々のあいだからのぞきこむと、パイプ椅子に座る青年、そして、地面に所狭しと並べられた絵が目に飛びこんできた。

――なるほど、ここは絵描きさんの店なのか――

私は、並んだ絵をつま先立ちでひとつひとつ眺めていった。そのどれもが野菜の絵で、種類別に束ねられて置かれている。クレヨンで描かれた粗いタッチが印象的で、緻密な絵でないところが、逆にリアリティーを感じさせた。まるで、本物の野菜が並べられた市場のようだと私は思った。

「お兄さん、ジャガイモとニンジン、それからタマネギを一枚ずつで」

ひとりの女性が声をあげた。

青年は、言われた絵を紙袋の中へと詰めていく。

「ありがとうございます。ぜんぶで百円です」

その言葉に驚いた。絵を三枚も買ったのに、百円。まるで野菜の相場――いや、下手をすればそれより安いじゃないかと思ったのだ。

「私はピーマンを二枚ください」

男性が、青年に言う。

「三十円です」

青年はその絵を二枚とると、袋に詰めて手渡した。

男性は満足そうな顔をして、うしろの人に場所を譲って去っていく。

野菜の絵は、飛ぶように売れていった。それを見ていたら、私は目の前にいる青年が絵描きさんなのか八百屋さんなのか、よく分からなくなってきた。

「あの、すみません」

たまらず隣の女性をつかまえて、話しかけた。

「ここは何のお店なんでしょう……」

女性は野菜のほうをちらちら見ながらも、丁寧に応じてくれた。

「あなた、初めての方ね？　ここはね、絵描きさんがやってる八百屋さんなのよ」

「絵描きの八百屋？」

「ええ、ここの絵描きさんの描いた絵は、どれも本物の野菜と変わらないの。いえ、ちがうわね。もっと言えば、本物の野菜より価値のあるものなのよ」

意味が分からず、私は首をひねって真意を尋ねた。

「……と言いますと？」

「ここの絵は……そうね、たとえばキャベツの絵を買ったとするでしょう？　それをまな板に置いて、包丁で切っていくの。すると刃が入ったところからキャベツは画用紙を抜けだして、まな板の上に千切りキャベツが登場するというわけよ」

「……冗談ですよね？」

反射的に尋ねた私に、女性は強く首を振る。

「まさか。もちろん全部、ほんとのことよ。ほかにも、たとえば大根だったら適当なところで絵をちぎって、おろし金にかけるでしょ。そうすると、ただの絵だった大根が、みるみるうちに大根おろしになっていくのよ」

おかしなことを平然と言ってのける女性に、私は動揺を隠せなかった。

「そんなことが……」

「まあ、あなたの気持ちも分かるわよ。わたしも最初は信じられなかったもの。だけど、ママ友達があんまり真剣に言うものだから、ためしに買ってみたのよ。びっくりしたわ。聞いてたとおりのことが、そのまま起こってしまったんだから。それに、絵から出てきた野菜の鮮度にも驚いたわねぇ。絵はその日の朝に描かれてるらしくって、そのおかげで採れたてみたいにみずみずしいのよ。あとは価格も大事な点ね。スーパーで買うよりとにかく安くて、家計的にも大助かりよ。あ、お兄さん！　ニンジンとゴボウを一枚ずつ！」

青年の手があいたのを見逃さず、女性は身を乗りだして叫んでいた。私はただただ呆然《ぼうぜん》とするばかりだった。

紙袋を受け取ると、女性は笑いながら私の肩をぽんと叩《たた》いた。

「ま、そんな顔してないで、あなたも自分でたしかめてみれば分かるわよ」

そう言い残し、女性は足早に去っていった。

我に返った私はいったん身をひるがえすと、群衆の中から抜けだした。そして少し離れたところから、群がる人たちを観察した。

なるほど、順番待ちをしている人たちの袋の中には、野菜らしきものは見られない。きっとみんな、スーパーでほかのものを買った帰りに、ここで野菜を調達しているというわけなのだろう。私はその事実に改めて驚愕《きょうがく》し、言葉を失《な》くした。

時計の針が六時を回ると、人も次第にまばらになる。

やがて最後のひとりが帰っていくと、私は思い切って青年に話しかけてみることにした。

「あの、すみません……」

青年はストーブで暖をとりつつ、売れ残りを束ねているところだった。

私のほうを振り返り、怪訝《けげん》そうな顔をする。

「はい、何か……？」

「えっと、お聞きしたいことがありまして……じつはさっき、こういう話を聞いたんです」

私は女性に聞いた話をそのまま伝えた。

「……それで、あの、この話は本当なんでしょうか」

青年は、ためらうことなくうなずいた。

「ええ、すべて本当のことですね」

「それじゃあ、やっぱりこの店は……」

「絵描きのやってる八百屋みたいなものですねぇ」

じつは、と、青年はつづけた。

「ぼくは、そこの美大に通っている学生なんです」

「学生さん？　それがどうして、こんな店を……」

「この場所で、絵の練習をしているんです」

彼は、私の疑問に先回りするように語りはじめた。

「ぼくは美大に通う身ではあるんですが、周囲に比べると絵がへたくそでして……クラスの中ではずっと劣等生だったんです。先生からも、何を描いても心がこもってない、表面的だと言われつづけて、ずいぶん落ちこみました。どうしたら上達するだろうと、いろいろ考え悩んでいたんですが、最終的に悩むよりも行動だろうと思い立って、この場所で練習がてら絵の手売りをやってみることにしたんです。

ですが、薄っぺらさがお客さんにも見透かされていたのでしょう。最初はまったくと言っていいほど売れませんでした。ぼくはますます自信を失くし、ひどく落ちこみました。

しかしあるとき、天啓が舞い降りたんです。ずっと絵のほうばかりを気にしてきましたが、じつは絵ではなく、問題は画材のほうにあるのではないだろうかと、そう考えたんですよ。そして行きついた先が、自分専用の画材を作ってみるということでした」

「自分専用……？」

「ええ、もっぱらぼくは、クレヨンで野菜の絵ばかりを描いていましたから、使うクレヨンを自作してはと思ったわけです。それでぼくは、ミキサーで砕いた野菜の汁を、それぞれの野菜と同じ色のクレヨンに混ぜてみることにしたんですよ。

新しいクレヨンで描いた絵を、さっそく店に並べてみました。すると、それまでは見向きもされなかったのに、すぐに足を止めた人がいたんです。その方は、絵をご覧になって不思議なことをおっしゃいました。この絵はまるで本物だ。いや、本物の野菜以上に食欲をかき立てられる何かがある。ぜひ一枚、譲ってくれやしないだろうか……。

ぼくの喜びは尋常ではありませんでした。自分の絵を褒めてもらったのはずいぶん久しぶりのことでしたし、そんなにも早く成果があがるとは思っていなかったんです。あまりのうれしさに、お代はいただかず、絵を差しあげることにしたくらいでした。

予想だにしないことが起こったのは、その翌日のことでした。

絵をお譲りした方が再び店にいらしてくれたんですが、またしても不思議なことをおっしゃったんです。じつはその後、こみあげる衝動を抑えきれず絵にかじりついてしまったんだと。すると実際に、絵を食べることができたんだと。

正直、面喰《めんく》らいましたよ。そんなことがあるはずないと思いました。しかしおかしなもので、熱く語るお客さんの言葉を聞くうちに、いつしか自分も絵を口にしてみたくなっていました。それでレタスの絵を手にとって、少しだけなめてみたんです。

お客さんの言うとおりでした。単なる絵のはずなのに、たしかにレタスの味を感じるじゃありませんか。まさかと思い、ぼくは思い切って絵を破り、それにかじりついてみました。と、どうでしょう。紙を噛《か》んでいるはずなのに、レタスのシャキッとした厚みを感じるんですよ。そのみずみずしい食感に、ぼくはあっという間に絵を完食してしまっていました。

それからです。ぼくの描く絵が評判になって、お客さんがたくさん来てくださるようになったのは。ぼくとしてはお金儲《かねもう》けをしたいわけではありませんし、何より絵を買っていただけるだけで満足でしたから、価格も最低限に抑えました。それがまたよかったようで、ありがたいことに、お客さんは増える一方でした。

そうしていまに至るわけです。こんなぼくの絵を買ってくれるなんて、お客さんには感謝しかありませんよ。おかげさまで学校の成績もあがり、昔のことが、いまじゃウソだったようにさえ感じます。ただ途中から、ぼくは絵描きなのか八百屋なのか、自分でもよく分からなくなってしまったのには弱っていますが」

青年は明るく笑った。

私は言葉を発さねばと思ったけれど、何も言うことはできなかった。

しばらくしてから、青年はおもむろに口を開いた。

「しかし、小腹が空《す》いてきましたねぇ。お客さんは甘いものはお好きですか？」

何のことだろうと思いながらも、私はこくんとうなずいた。

と、青年は、なぜだか両手に軍手をはめた。そしてトングを持ってきて、隣に置いたストーブの中へと突っこんだ。トングで何かをつかみあげる。でてきたのは、紫色のクレヨンだった。

「ちょっと待っててくださいね」

そう言うと、青年はクレヨンを軍手でつかんで画用紙に向かった。手元が素早く動いていって、またたく間に鮮やかな紫色をしたサツマイモの絵ができあがった。

彼はそれを、ビリッと半分に破った。湯気がもわっと立ちのぼる。

「さあ、どうぞ」

私は片方の絵を渡されたものの、どうしたものかと困ってしまった。

「ははは、ご安心ください。大丈夫です。ちゃんと食べることができますので。ぜひ、皮のついたそのままの状態で召しあがってみてください」

甘い香りが漂ってきた。

抵抗感はあったものの、青年にふたたび促され、おそるおそる絵を噛んだ。たしかな食感が、そこにはあった。

「……うまい！」

私は唸《うな》った。

「こんなにうまい焼き芋なんて、初めてですよ……！」

食したものは、まさしく焼き芋そのもの、いや、これまで食べてきたものよりもよほど上等な代物だった。

それを契機に、ようやく言葉が口からでてきた。青年の起こした奇跡に、思いつくまま称賛を述べていた。

「いえいえ、そんな」

高揚する私とは対照的に、青年は平静なままで謙遜するばかりだった。焼き芋が身体《からだ》の芯を温めて、ぽかぽかしてきた。

「いやあ、これは売れるはずですよ……」

つぶやく私に、青年は照れながら言った。

「褒めすぎですよ。でも、喜んでいただけたなら、よかったです」

私は残りの部分も、むさぼるように食べ尽くした。

お腹《なか》をさすって満足しているときだった。ある疑問が湧いてきた。

「ひとつお聞きしてもいいですか？」

「何でしょう」

「すごくおいしい絵でしたけど、どうしてわざわざクレヨンをストーブなんかに入れてたんですか？」

それが引っかかったのだった。

「サツマイモの絵を描いて、それを焼いても同じものができますよね……？」

「深い理由はないんです」

青年は答える。

「おっしゃるとおり、結果的にはどちらも同じです。ただ、店が終わってから絵を焼きはじめるより、事前にクレヨンを焼いておいたほうが、手っとり早く焼き芋にありつけます。要は焼きあがるのを待てるか待てないか、というだけの話ですね」

笑いながら、彼はつづける。

「それから、これは個人の好みの問題なんですが、ある現象を見るのが楽しみだというのもありまして。このクレヨン、焼くとなぜだか、中がこういうふうになるんです」

青年は、紫色のクレヨンをぽきっと折って私に見せた。

そのとたん、もわっと湯気が立ちのぼり、鮮やかな黄金色がほくほくと――。

★

粉もん体質

ちゃんと家業を継げなかったことに悔しさはない、と言ったらウソになる。でも、おれはこの仕事に誇りを持ってるし、何と言っても、いまのおれがあるのは父さんのおかげなのは間違いない。そういう意味では、形はちがえど家業を継いだと言ってしまっていいんじゃないかと思ってる。

小さいころに母さんを亡くしたおれは、男手ひとつで育てられた。仕事と家事の両立は大変だったと思うけど、父さんから不満を聞いたことは一度だってないんだから脱帽するよ。

父さんの仕事は、知ってのとおりのタコ焼き屋だ。祭りがあると聞きつければ、全国各地、どこにだって足を運ぶ。遠出するときは幼いおれもついていって、屋台の中で遊んでいた。ときどき近くの屋台をのぞいて、仲良くなったお店の人にタダでゲームをやらせてもらったりしたものだった。

父さんの仕事のやり方が特異なものだと知ったのは、十歳くらいだ。よくあるだろ。

当たり前だと思いこんできたことが、じつはその家独自の習慣だったということが。それに気がついたのは、物事の分別がちゃんとつくようになって、ひとりで屋台めぐりをしはじめてすぐのことだった。

あるときおれは、祭りの雑踏をふらふら歩きまわっていた。と、おれの目に、うちと同じ「タコ焼き屋」と書かれた看板が飛びこんできた。

父さん以外にも同じ仕事をしている人がいたんだなぁ。そう思って、驚きと同時に好奇心がこみあげた。おれはその屋台のほうへと近づいて、そばで観察しはじめた。

でも、見ているうちに驚くべき事実に気がついた。お客さんが買っていくものは、うちと同じようなタコ焼きだった。ただ、その作り方が、うちとは全然ちがっていたんだ。

その店は、鉄板の丸い窪《くぼ》みに生地と具材を流しこんで、タコ焼きを作っていた。それが当時のおれには衝撃的で、店主の仕事にすっかり釘《くぎ》づけになってしまった。店主は千枚通しでクルクルクルッとそれを返して、できたものからパックに詰める。ソースを塗って青海苔《あおのり》と鰹節《かつおぶし》をふりかけると、楊枝《ようじ》を添えて輪ゴムでとめて、お客さんへ笑顔で手渡す……。

はっと我に返ったおれは、大急ぎで父さんの店へと駆け戻った。そして、見たこと全部をすぐに父さんに報告すると勢いこんで尋ねていた。

「ねぇ、あの店も同じタコ焼き屋なんでしょ？　なんでうちと全然ちがうことをやってるの⁉」

幼いおれにとっては、至極まっとうな疑問だった。

父さんは最後まで話を聞くと、ちょっと待ってなと言ってから、いちど仕事に戻っていった。

しばらくたってお客さんが途切れたところで、父さんは椅子に座って話しはじめた。

「どうしてうちとちがうかって、そりゃあ店がちがうんだから当たり前のことじゃないか」

「でも、まったくちがうやり方だったんだって！」

「ははは、まあ、落ち着けって。そうだな、おまえもいつかは知ることだから、いまがちょうど教えてやるべき頃合いなのかもなあ。

じつは変わったやり方でタコ焼きを作ってるのは、向こうの店のほうじゃない。うちの店のやり方こそが、よそとちがっているんだよ」

「どういうこと……？」

父さんはニヤリと笑みを浮かべて言った。

「うちのタコ焼きの作り方を言ってみな」

「うちのって……最初にソースをほっぺたに塗って……ってこと？」

「そう、その方法が特殊なんだ」

「そうなの⁉」

おれは深い穴に落ちていくような感覚に陥っていた。信じていたものが、根本からガラガラと崩れ去っていく。それを体感した瞬間だった。

「タコ焼きというのはな、普通はおまえが見てきたようなやり方で作るものなんだよ。ところがだ。おれはそうはしていない。なぜならおまえの知るとおり、うちのタコ焼きは、おれの頬から生みだされるからだ」

おれは黙って父さんの言葉に聞き入った。

「うちのやり方は、こうだ。まずはじめに、ソースを頬にたっぷり塗る。刷毛《はけ》を使って、丹念にな。それから青海苔と鰹節をシュッと噴射器でひと噴きする。これで準備完了だ。

次におれは口の中に空気を含んで、両頬をぷっくりボールのように膨らませる。そうしておいて、指で作った輪っかを絞《しぼ》って頬をぎゅっともぎとってやる。具材を中に押しこむのを忘れずにな。同じことを繰り返してパックにぎっしりタコ焼きを詰めてやれば、うちの自慢の品が完成する。

この方法でタコ焼きを作ることができるのは、素質に恵まれた一握りの人間だけなんだよ。粉もん体質と呼ばれる特異体質に生まれなければ、そもそもおれみたいに頬をもぎとることなんてできないんだ。ほら、昔話に出てくるコブとりじいさんってのがいるだろ？　粉もん体質は、あのじいさんを祖先にもつ一族だけに秘められた力なんだ」

我が家の祖先が、かの有名な人物だと知って、おれはすっかり仰天した。

そんなおれをよそに、父さんはつづけた。

「もちろん、売り物になるタコ焼きを作れるようになるためには、素質だけじゃあ話にならない。何年も修業に修業を重ねる必要があってな。たとえば、同じ大きさにきちんと頬を膨らませられるようにならなくちゃいけないし、一度にたくさんのタコ焼きを作れるように体力だってつけておかなくちゃいけない。それから、いつもおまえに言ってるように、歯磨きだってちゃんとしなくちゃいけないんだ」

「……なんで歯を磨かなきゃいけないの？」

「虫歯にでもなってみろ。それで差し歯になれば、もしものときに大ごとだ。差し歯がとれてタコ焼きに混入したら、商売なんて二度とさせてはもらえない」

普段は温厚な父さんが、歯磨きをサボったときにだけ執拗《しつよう》に怒る真の意味を、おれはそのとき初めて知った。

話を聞きながら、おれの中では父さんを誇りに思う気持ちが膨らんでいた。

「父さんは、選ばれた人間だったたんだね……」

そのことが、心を熱くしていたのだった。

「まあ、その言い方も決して間違いというわけじゃあない。でもな、プライドを持つのはいいことだが、傲慢《ごうまん》になってはいけない。傲慢は油断を招き、油断は失敗を招く。お客さんにものを出す以上、失敗は許されるべきものではないんだな。だからおまえも、この先どんなことがあろうとも、自分が人より優れてるなんて思っちゃいけない」

「ぼくがって……？」

父さんの言葉を胸に刻みながらも、どこかヒトごとのように聞いていたおれは最後の言葉に首をかしげた。

「ははは、何言ってんだ。おまえは誰の子なんだよ。紛れもない、おれの血をひく粉もん体質の継承者だぞ。いずれはおれが親父《おやじ》の後を継いだように、おまえに店を譲るときが来るだろう」

「ぼくがお店を……?」

「ああ、そうだ。そのためには、そろそろ技を習得するための修業に入らないといけないな。どうせ近い将来この話をしなけりゃならなかったから、今日はちょうどいい機会になった」

父さんは遠くを見るような目をして言った。

おれは一気に打ち明けられた真実に、めまいのする思いだった。自分の将来なんて考えたこともなかったし、ましてや自分に特別な才能があるだなんて想像したことすらなかった。タコ焼き屋をひとりで営む姿を思い描いて、不安の大波に呑《の》みこまれそうになっていた。

でも。

「……父さん、ぼく、がんばるよ」

おれは不安を押し殺して、そう言った。子供なりに腹をくってのことだった。

「頼もしい!　そうこなきゃなあ!」

父さんは、かっかっかっと、うれしそうにいつまでも笑っていた。

その翌日からだった。タコ焼き作りの修業がはじまったのは。

おれはまず、頬をつねって、それをちぎることから教わった。最初はつねっただけで頬が痛んで、とてもじゃないけどちぎるなんて無理だと思ったものだ。だけど、生来の粉もん体質ゆえなんだろう。繰り返すうちに痛みはだんだんなくなって、次第におれは、わずかながらも指で頬をちぎることができるようになっていった。不思議なことに、いくら頬をちぎっても、顔には何の変化も見られなかった。

「それが粉もん体質というやつさ」

父さんは胸を張ってそう言った。

次の段階は、一度にちぎる量を増やすことだった。手のひらで頬をむぎゅっとつかんで、コブをとるように一気にちぎる。手におさまった頬を見て驚いていたのは、最初だけ。すぐに慣れて、ガシガシ頬をちぎって修業に励んだ。

おれは呑みこみが早いほうだったらしく、数年もすると、鷲《わし》づかみにして、いつでもごっそり頬をちぎれるようにまでなった。あのころの父さんは、おれの修業の経過を見て、よく満足そうにうなずいていた。

「順調にできるようになってきたなあ。それじゃあそろそろ、頬を膨らませる修業にうつろうか。言うまでもなく、ただ闇雲に膨らませるだけじゃあダメだ。いつなんどきでも、プロは同じ大きさのタコ焼きを作れなければならない。すなわち、膨らませる頬の大きさを、いかに揃《そろ》えられるかが肝になる」

言われたとおりに、おれはぷっくりと頬を膨らませる練習に取りかかった。

これもすぐにできるようになるだろう。けれど、そう高をくっていたのが間違いだった。

それまでの調子がウソのように、何度やっても失敗の連続だった。どう膨らませても、頬は毎回、微妙にちがう大きさになってしまって、規格外のタコ焼きだけがパックの中に虚《むな》しく並ぶ日々がつづいていった。

「まあ、気にするな。焦らずつづけることが肝心なんだ。成長の早さなんて、人によってちがうんだから」

父さんは励ましてくれたけど、おれの心はふさいでいた。このまま技術を習得できなかったら、どうしよう。父さんにできて、自分にできないなんてことになったなら……。毎晩、不安が押し寄せて、おれは睡眠不足に陥った。

そしてその不安は晴れることなく、月日だけが残酷に流れていった。

二十歳を過ぎたころになっても、おれはまだ、不揃いなタコ焼きを量産しつづけていた。唯一誇れることがあったとすれば、決してグレたりしないで努力をつづけたことだった。それでも上達することはなく、おれは失意の底に沈んでいた。あの日までは。

「なあ、おれからひとつ、提案があるんだが」

その日、父さんは酒を飲みながら、とつぜん話を切りだした。

「一度しかない人生なんだ。おまえが嫌なら、家業を継げとはもう言わない。おまえの人生だ。ちがう道を選んだって、おれは本気で応援するぞ」

精一杯、気をつかってくれての言葉だったのだろうけど、おれのショックは大きかった。

「……じゃあ父さんは、これまでの努力をすべて無駄にしろって言うんだね？」

半ば自暴自棄になりながら、八つ当たりをするようにおれは食ってかかっていた。

でも父さんは、意外なことを口にした。

「そうじゃない。何もタコ焼き屋を継ぐことだけが人生じゃないって言ってるんだ」

「同じことじゃないか！」

「落ち着けよ。提案というのはだ……」

そう言って父さんが口にしたのは、おれにとっては目から鱗《うろこ》の計画だった。

正直なところ、最初は戸惑うばかりだった。ショックと同時に一筋の希望がさしこんだような気持ちになって、どう返事をすればいいのか、瞬時に結論を出すことはできなかった。

「まあ、ゆっくり考えてみればいい。人生は長いんだから」

父さんは穏やかな声で背中をぽんと叩《たた》いてくれた。

それから数日間は、頭を抱えて悩みつづけることになった。この決断が自分の一生を左右するかと考えると、恐ろしくてならなかった。

でも、おれはとうとう覚悟を決めた。

「……父さん、おれ、がんばるよ」

ずっと昔、タコ焼き屋を継ぐと宣言した瞬間が、記憶の中で重なった。おれは思い出に別れを告げて、新たな道を進むことを決意した。

いちど舵《かじ》を切ってしまうと、おれの腕はそちらの道でめきめき上達していった。埋もれていた才能が開花して、一気に爆発したような気分だった。

やがておれは店を構えられるまでに腕をあげて、ついに父さんのもとから独立する日がやってきた。

「ははは、これからは、おまえも立派な、おれのライバルというわけか」

独立の意志を告げたときの父さんは、なんだかうれしそうでもあり、寂しそうでもあった。

その後のことは、このとおり。

ありがたいことに、いまでは常連さんもいっぱいついてくれていて、人気屋台に名をつらねることもできている。小さいころは、まさかこんなことになるなんて思ってもみなかったなあ。あのとき背中をどんと押してくれた父さんも、年寄りながら、まだ現役でタコ焼き屋をつづけていて、ときどき店を隣同士に並べては互いに競いあいながら仕事をしててね。

だけど、改めて思い返してみると、いまの自分があるのは本当に父さんのおかげだなあと、つくづく思うよ。あの修業がなかったらと考えると、ぞっとする。

それから、あのアドバイス。あれがなければ、こうやって自分の店を持つなんてことは一生なかったかもしれないんだからなあ。頬を膨らませてもぎとるんじゃなく、手刀で頬をそぎ落とす。それを提案してくれた父さんには、感謝の言葉しか見当たらないよ。

このお好み焼き屋を開業するに至ったのは、そういうわけでね。

★ストライプ

ぼんやり雑誌を眺めていると、どこからか音が聞こえてきた。ふと顔をあげて耳を澄ます。それはイビキのように思われた。

隣部屋から聞こえてくる音だろうか。だが、そんなものが聞こえてくるほど、やわなつくりの壁ではない。私は首をかしげるばかりだった。

試しにと、壁に耳を当ててみた。すると音は、かえって遠くなったような気がした。音源は、どうやら自分の部屋の中にあるらしかった。

壁から耳を離して周囲を見渡す。が、それらしきものは見当たらない。

仕方なく、私は部屋の中をうろついた。しばらく歩きまわってから、音の出どころをつきとめた。イビキはなんと、壁際に掛けていたシャツから聞こえてきていた。

そのシャツは、白と黒のストライプが印刷されたものだった。近所の神社——多魔《たま》坂《さか》神社の蚤《のみ》の市で買ってきた古着で、帰ってすぐに壁のフックに吊《つ》るしておいたのだ。

私はおそるおそる、シャツに耳を当ててみた。と、金属のようにひんやりしていたから驚いた。とても布地であるとは思えなかった。買ったときからこうだったのかと疑問を抱きつつ、何となく、手の甲でノックするように叩《たた》いてみた。コツンと固い音がした。

そのとき不意に、イビキが止《や》んだ。

私はなんだか不吉な予感がして、反射的に後ずさった。

次の瞬間、信じられない光景が目の前で展開した。

シャツのストライプの向こう側に、とつぜん人影が浮かびあがったのだ。

「おい、出せ！」

いきなり、怒鳴り声が響き渡った。それとともに、シャツの中、ストライプの向こう側にヒゲ面の男が現れた。私は恐怖で縮みあがった。

「おい、ここから出せ！」

荒々しい声で、男は同じ言葉を繰り返した。声の大きさが、恐怖心をいっそうあおった。

私はそのストライプから、たちどころに牢獄《ろうごく》を連想していた。白いところが空間で、黒のストライプが鉄格子。この男は怒りの限りに看守を脅しつける囚人そのものだと、私は思った。

鉄格子を揺するようにして、男はストライプを握ってガシャガシャいわせる。そのたびに、シャツ全体が揺れ動いた。

「ここから出せ！」

すっかり怯《おび》えきっていた私は、そのときふと、あることに気がついた。出せ、ということは、自力で脱出できないからこその言葉じゃないか。となると、主導権を握っているのはこちらである。何を恐れることがあるだろう。牢獄の中からでは、危害の加えようがないじゃないか……。

少し気持ちの落ち着いた私は、冷静に状況を分析しはじめた。

男は、どうしてこんなところに閉じこめられているのだろう。時空がねじれ、シャツと牢獄がつながってしまったとでもいうのだろうか。

だが、いくら考えてみても、まともな答えは得られなかった。男がストライプに閉じこめられている。ただそれだけが真実だった。

きっとこの男は、凶悪な殺人鬼か何かにちがいない。私はそう結論づけた。伸びたヒゲ、鋭い目つき、怒鳴り声。それらが確固たる証拠だった。誰が男をここに放《ほう》りこんだのかは知らないが、多大なる社会貢献をしてくれたものだと一方的に感謝の念が湧き起こった。

男は、口を開けば「出せ」の一点張りだった。

「どうしてそんなところにいるんですか？」

尋ねてみても、男は凶悪な目でにらみ返すばかりで答えない。

「いいから、出せ！」

「出すといったって、どうやって。鍵もないじゃないですか」

私は余裕の態度でそう言った。

「そんなことはどうでもいい、とにかく出せ！　出さないと、どうなるか分かってるんだろうな！」

そう言って、ストライプを激しく揺する。

私が動じないのを理解すると、男は強烈にののしりはじめた。そして、あちらこちらに唾《つば》を飛ばす。それはシャツを超えて私の部屋へと散らばった。汚いなぁと閉口しながら、遠い位置から観察する。

身の安全が保証されているならば、だんだんと好奇心も芽生えてくる。

ストライプの向こう側はどうなっているんだろう。私はそんなことを考えて、男がイビキをかいて寝ているあいだにシャツに近寄り、目をこらしてのぞいてみた。しかし、奥はぼんやりかすんで何も見えなかった。こちらの部屋の灯《あか》りだけが、独房に差しこむ光のように床のコンクリートを照らしている——。

その日を境に、私は謎の男との奇妙な共同生活を開始した。

はじめのうちは、何とも刺激的な毎日だった。ひとりの凶悪犯の命運を自分が握っているのだと考えると、言いようのない快感が身体《からだ》の中を走り抜けた。

しかし、それも長くはつづかなかった。

しばらくすると、男の声に私はうんざりしはじめた。

「出せ！　ここから出せ！」

「ちょっと黙っててくれないか。静かにしていれば、そのうち出してやるからさ」

男はまったく言うことを聞かず、起きているあいだは声の限りに叫びつづけた。

いっそのこと、警察に突きだしてやろうかと考えた。このまま放っておくのも嫌なものだし、警察なら、何か対処をしてくれるかもしれない。だが、こんなおかしな話を信じてくれるだろうか。現物を見せれば分かってくれるだろうけど、部屋に警察が押しかけてきて近所の噂話《うわさばなし》の種になっては、つまらない。

そこで私は、ひとまず警察に探りを入れてみることにした。男の似顔絵を描いて訪ね、こういう人相の罪人はいないかと聞いてみたのだ。

「さあ、知らないですねぇ。そもそも私らは、刑務所に出入りしていませんので」

そりゃそうだよなぁと思いながらも、私はまったくの徒労に終わったことに落胆した。

それからしばらくたってからのことだった。

それまでとは打って変わって、男が急に下手に出はじめたのだ。

「な、頼むからここから出してくれよ、な？　いや、お願いだから出してくださいよ」

そのとき、男の腹が鳴った。

私は、なるほどと悟った。勢いが弱まったのは、腹が減ったせいなのか。

「食事を出せば、静かにするか？」

恩を売っておけば、少しは言うことを聞くようになるだろう。男は無反応だったけれど、私はその作戦を実行することにした。すなわち、パンとスープを支給してやることにしたのだった。

食器は、凶器にならないものを選んだ。また、プラスチックのもので統一し、金属製のものは避けた。うまく加工して脱獄でもされたらかなわない。

手をつかまれないよう、私は男が寝ているあいだに食事を運んだ。ストライプの隙間を通すのは不可能だったが、幸いにも胸ポケットが扉のようになっていて、それを開けて紐《ひも》で中に降ろすことができた。

しかし、私の策略も虚《むな》しく、男は食事を平らげるだけ平らげて、以前の勢いを取り戻しただけだった。

「出せ出せ、ここから出せ！」

私は自分の愚かさを恥じた。

ののしりは、日に日にひどくなっていった。昼間はもちろん、夜中まで、わずかな睡眠時間をのぞいては、声が嗄《か》れても男は叫びに叫んだ。

それと同時に、男はストライプを揺らしつづけた。気がつくと、ちりも積もればなんとやら。ある日私は、ストライプが曲がりはじめているのを発見した。

このままでは、いずれ牢をやぶられる。私は慌てて打開策を考えた。

本当ならば、シャツごと捨ててやりたいところだ。だが、万一こいつが出所して、復讐《ふくしゅう》でもされたなら……。そう思うと慄然《りつぜん》とした。いっそ、本棚でも置いて塞いでしまうか。いや、力ずくで突破されそうだ。

そのとき、私は名案を思いついた。マジックでストライプを太くしたらどうだろうとそう考えたのだった。ただ、完全に白いところを塗りつぶしてしまうのは気がひけた。あちらの様子が分からなくなっては、それはそれで恐ろしいものがあるからだ。

私は、すぐさま作業にかかった。そしてそれは、素晴らしい成果をおさめた。すっかり頑丈になった鉄格子は、男が揺すったくらいではびくともしなくなった。男は、悔しそうに顔をゆがめた。

だが、叫び声だけはどうしようもない。どこにそんな気力が残っているのか、男は耳障りな声で力の限りに叫びつづけた。

もはや私は、我慢の限界だった。

頭を悩ませつづけたのちに、とうとうある閃《ひらめ》きを得た。

男の眠るわずかな時間を利用して、私はそれを実行に移すことにした。

作業は一瞬の勝負だった。

私は決意を固めてシャツに素早く手を掛けた。ボタンを外して広げると、表と裏をひっくり返した。そうすることで、ストライプの柄とともに男の声を内側に閉じこめてしまおうという魂胆だった。

しかし次の刹那《せつな》、強烈なめまいが私を襲った。

とつぜん視界がぐるりと回転し、何が起こったのかも分からぬまま、私は床に膝をついていた。

顔をあげるとストライプが目に入った。そして向こう側に、あの男がいた。男は満面の笑みを浮かべ、こちらを見下ろしている。

「あばよ」

その声が消えるころには、自分の置かれた状況を悟って青ざめた。見慣れた部屋はどこにもなく、そこはもう、真っ暗闇の牢獄の中だった。

ストライプが細ければ脱獄もできただろうにと、私は、頑丈になった鉄格子を呆然《ぼうぜん》と眺めている。

★

御輿の神様

屋台の灯《あか》りが、日本画のごとき赤や青で周囲の景色を滲《にじ》ませている。

神社は活況を呈《てい》していた。

焼きトウモロコシの醬油《しょうゆ》の匂いや、広島焼きのソースの匂い。

綿菓子屋の前には子供たちが群がっていて、できあがっていく綿菓子の様子を目を見開いて凝視している。その機械の隣にはキャラクターの描かれた袋がいくつも吊《つ》されてあって、夏の風に侘《わび》しくゆらゆらと揺れている。

多魔坂《たまさか》神社の宮出しの日は、子供たちにとって忘れられない一夜となる。

竜夫《たつお》も、子供会の行事でこの祭りに参加していた。子供会は、地域の子供たちを束ねてつくられる小さな組織だ。子供たちは宮出しの日——御輿《みこし》が神社からだされる日に、子供御輿を担いで多魔坂神社にやってくる。そして神様を御輿の中に招き入れて地域へ戻ると、その翌日、御輿を担いでお清めして回るのである。

宮出しの日、神社には賑《にぎ》やかに屋台が並ぶ。

竜夫のいる子供会では、神様を神社から御輿に招き入れる儀式がなされている間、それぞれに自由時間が与えられる。子供たちは各々親からもらった小銭を握りしめ、雑踏の中に意気揚々と駆けてゆく。

小学六年生の竜夫は、いま、そんな子供たちのことを幾分か冷めた態度で見送った。内心では、祭りの活気に血はすっかり滾《たぎ》っている。が、年下の子供たちを前に、それを表にだすのがなんとなく躊躇《ためら》われたのであった。

竜夫は少したってから、ゆっくりと神社の石畳を歩きはじめた。どこかに他の地域から来ている同級生はいないものか。そう思い群衆の中を目で探したが、誰も見つけることはできなかった。

喧噪《けんそう》は、大勢でいると華やかな気分を助長する。しかしひとりの場合は孤独に拍車をかけるものだ。竜夫もそれに蝕《むしば》まれ、次第に寂しくなってきた。

ちょうど、林檎飴《りんごあめ》の屋台の前を通りかかったときだった。

突然、誰かに腕をつかまれた。

「いたいた、こんなところにいらしたんですか」

見上げると、法被《はっぴ》姿の男が汗を滲ませ立っていた。

「いやァ、見つかってよかったです。まったく、逃げたりしないでくださいよォ……」

男は見知ったように竜夫に言った。

もしかして、もう子供会の集合時間になったのだろうか。

咄嗟《とっさ》にそう考えて時計を見たが、まだ十分な時間があった。

竜夫は改めて男を見つめた。その顔に見覚えはなく、いったい誰なのだろうかと訝《いぶか》しんだ。

「ほら、行きますよ」

竜夫のことはおかまいなしに、男は強引に引っぱった。竜夫は反射的に抵抗したが、すればするほど相手の力は強くなる。

誰かに助けを求めようという意識が働いた。が、声をだすことはできなかった。小六にもなって人前で喚《わめ》くなんてと、恥じらいが邪魔をしたのだった。

「まったく、仕方がないですねェ。失礼しますよ」

そう言って、男は屈《かが》んだ。

「あっ」

竜夫は不意に浮遊感を覚えた。気がつくと、男の肩に担がれていた。

人攫《ひとさら》い！

今度こそ助けを求めようとしたものの、うまく息が吸えずに噎《む》せてしまう。

「もう逃がしませんから」

満足げに言う男に、恐怖が湧きあがってきた。きっと周囲には、悪事を働いた子供が親に連れ戻されているくらいにしか映らないのだ。

もがこうとしても、強い力に動けない。

なす術《すべ》なく、竜夫は雑踏の中を右に左に連れられていった。

降ろされたのは、境内のどこかと思《おぼ》しき場所だった。

竜夫は息を整えた。そして座ったまま周囲に目をやり呆然《ぼうぜん》とした。

そこには、鈍く光る御輿が所狭しと並んでいた。大人御輿、子供御輿。天辺《てっぺん》には鳳《ほう》凰《おう》が凛《りん》と立ち、じっと遠くを見据えている。

あたりは金色に染まっていて、竜夫は圧倒されてしまった。

男はぼんやりしている竜夫の手をとり、その場に立たせた。

「さァさ、一緒に行きますよ」

そう言うと、近くにあった御輿に近づき、真正面の扉を開けた。

刹那《せつな》、すぅっと何かに吸いこまれるような感覚に襲われて、気がつくと竜夫は広い座敷にいた。

「いやァ、この感じ、何回やっても慣れないですよ。なんか、こう、魂《たましい》を抜かれるみたいというか」

さっきまで派手に聞こえていたお囃子《はやし》は、いまや遠くになっている。

そのときになって竜夫はようやく勇気を振り絞り、男に向かって口を開いた。

「あの……おじさん、誰ですか？」

か細い声とは対照的に、男は陽気な調子でそれに応じた。

「やですねェ、何をいまさら」

男の笑い声だけがこだまする。

「そんなのじゃ困りますよ、神様」

「神様……？」

竜夫は、きょとんとしてしまった。

「……神様って、何のことですか？」

男はまたひとりで笑った。

「神様は、あなたじゃありませんか。ほら、これから地域を回らないといけないっていうときに、しっかりしてくださいよ」

「地域を……回る？」

「とぼけたってダメですよ。お清めは、大事なお勤めなんですから」

その言葉に、竜夫はふと最近の出来事を思い返した。

お清めは、宮出しの翌日——祭りの本番に行われる儀式のことだ。御輿を担いで地域を回り、人々の穢《けが》れを払うのである。

その本番に備え、竜夫のいる子供会では一週間ほど前から御輿担ぎの練習を開始する。まだ神様の入っていない子供御輿を中心にして、行列をつくり地域を練り歩くのだ。

ピッピッと笛を吹く子供。デンデンと小太鼓を打つ子供。それに加えて提灯《ちょうちん》を持った子供が御輿の周りを囲むので、一行は提灯行列と呼ばれている。

子供たちは緩衝材のクッションを肩に当て、交代交代で御輿を担ぐ。そして子供会のメンバーや支えてくれる地域の人たちの家の前にやってくると、精一杯に御輿を揺する。闇の中、ワッショイ、ワッショイという声が響き、金色の鈴がからから鳴る。そうやって、お清めの練習をするのである。

竜夫には、御輿を揺するたびに思うことがあった。御輿担ぎは楽しいが、中に入る神様のほうは、さぞ大変だろうなぁと。竜夫は生まれつき乗り物に弱い。車どころか、飛行機でも電車でも酔ってしまうのだ。ましてや揺れる御輿に乗るだなんて堪《たま》ったものじゃないなぁと、勝手に同情的な気持ちを覚えるのだった。

竜夫は、男の言うお清めが、その御輿担ぎのことを指しているのかと考えた。

それを男に尋ねると、男は怪訝《けげん》な顔をしながらもうなずいた。

「そんな練習のことは知りませんが……まァ、これで神様に回っていただくのはたしかです」

「これ……？」

竜夫は、いま立つこの場所のことを言いたいのかと、混乱しながら周囲に目を走らせた。改めて見ると壁は一面、先ほどとはちがう煌《きら》びやかな装飾で彩られている。御輿もひとつも見当たらず、冷静になって考えてみると、いったいここはどこなのだろうと不安が湧いた。

挙動不審な竜夫に向かって、男が言った。

「ねェ神様、さっきからどうされたんですか？　もう一人前なんですから、ドシッと構えていただかなくては困ります。お父上からも叱られますよ。私だって、いつまで御付きをやらせていただけるか分からないんですから」

何も返せずにいる竜夫に、男は一方的につづける。

「そりゃあ、神様のお気持ちも分かりますよ。ほかのお仕事に比べると、お清めはあまり楽しいものではないでしょうからねェ。ですが、何とか人間たちのためとお思いになって。一日だけですから、ね？」

竜夫は、半ばあやすような男の言葉を聞き流しながら、何とか頭を整理した。

どうやら男は、自分のことを神様だと思っているらしいというのは理解した。そして男が神様に仕える身なのだということも。ただ、なぜ自分が神様だと思われているのかが謎だった。

じつは気づいていなかっただけで、本当の自分は神様であったのだろうか。竜夫はそう考えたが、思い当たる節はない。

単に男がおかしな人間であるだけだろうかとも思った。が、事実を思いだして首を振った。あの、御輿がずらりと並んだ光景。いまいるこの豪奢《ごうしゃ》な部屋。これらは紛れもない現実世界のものである。

それならば、と、竜夫は思う。この男は、誰かと自分を間違えているのではないだろうか……。

そのときだった。

「おぉい！」

頭上から声が響いてきて、竜夫は思わず天を仰いだ。

声の主は見当たらないが、おぉい、という呼び声だけが繰り返される。

横を見ると、男も上のほうを見上げていた。そして、天井に向かって叫ぶように言った。

「おォい、聞こえるぞォ！　何だァ！」

少しして、上から声が返ってきた。

「そちらに神様はいらっしゃいますかぁ！」

すかさず男も返事をする。

「いらっしゃるぞォ！」

男は見知った誰かと会話をしているようだった。

「本当ですかぁ！」

「本当だァ！」

返事が途切れ、少しのあいだ、場は静寂に包まれた。

お囃子だけが、遠くに聞こえる。

竜夫は、ただただ耳を澄ませていた。こうなったら成り行きに身を委ねるしかなかろうと、腹をくくったのだった。

しばらくして、再び天から声が響いた。

「それがですねぇ！　こちらにも神様がいらっしゃるんですよぉ！」

男の表情は途端に曇り、大声で答えた。

「神様なら、ここにいらっしゃるぞォ！」

ちがうんですよぉ、と天の声は主張する。

「ちょっと、いま、そちらに伺いますからぁ！」

その瞬間、生ぬるい風が部屋の中にびゅうっと吹いて、竜夫の前に二つの影が現れた。

影のひとつ、バツの悪そうな少年を見て、竜夫は目を見開いた。少年の背丈や顔が、自分と瓜二つ《うりふた》だったのである。

竜夫と同じく、ひどく動揺した様子で男が言った。

「か、神様……？」

もうひとつの影、少年の横に立ち、彼の腕をとっている若者が口を開いた。

「ええ、ご神木の裏に隠れているところを偶然見つけたんですよ」

少年は、見事な山吹色の袴《はかま》を着けていた。その点だけが、竜夫とちがうところだった。

「このとおり、正真正銘、本物の神様です」

狼狽《うろた》えながら、男は竜夫のほうを向いた。

「それじゃあ、こちらの方は……？」

竜夫は、いましかない、と直感した。

「あの、ぼく、神様なんかじゃありません」

気がつくと、大声で言い放っていた。

「子供会で宮出しに来ただけなんです。それを、この人が！」

若者は、それですべてを理解したようだった。

「なるほど、神様に似た人間を間違えて連れてきてしまった、というわけですか……」

やれやれと、溜息《ためいき》をつく。

「ははあ、それで！」

呆《あき》れる若者には構わずに、男は、ぽんと膝を打った。

「道理でさっきから話が嚙《か》み合わないと思ったんだよ」

「笑ってる場合じゃありませんよ。こんなこと、バレでもしたらクビですよ」

「いやァ、悪い悪いッ」

「謝るなら、この人間に対してでしょう」

ふむ、と、男は言った。

そして竜夫に向かって頭を下げた。

「面目ないッ！」

男は疑問が氷解したからか、晴れ晴れとした表情になっていた。それを見るうちに、竜夫はだんだんこの状況が笑えてきた。まさか自分に似た神様がいて、それと間違われるだなんて。

そんな竜夫に、男はいっそう大きく笑った。

「で、どうするんですか、この人間は」

若者に問われ、男は何の臆面もなく答えた。

「どうもこうも、こうなりゃ連れていくしかないだろう」

「まさか御輿に乗せる気ですか？」

「乗せるって、もう乗ってるじゃないか。なァ人間、あんたも乗っていきたいだろう？　こんな機会、めったにないぞォ」

いきなり、ぐらりと部屋が揺れて、竜夫は床に押しつけられた。

「おっと残念、さっそく選択肢はなくなったなァ」

体勢を整えながら、ようやく竜夫は理解する。

ここは御輿の中なのか……。

男は愉快そうに付け加える。

「出発だ！」

ぐらぐら揺れて、前に進むような感覚がある。

壁の向こうで声がした。どうやら御輿は外にだされ、待っていた人々に手渡されたようだった。

群衆の威勢の良い声に包まれる。

ワッショイ、ワッショイ

男は申し訳程度に口にする。

「悪いなァ、でもまァ、どうせ一日だけの辛抱だ。神様の相手でもしてやってくれェ」

竜夫は返事をしなかった。

いや、しなかったわけではない。男の声は、すでに押し寄せる活気に呑《の》みこまれていたのである。

ありありと、外の様子が竜夫の頭に流れこむ。

竜夫は祭りの最中《さなか》にいるのを実感し、夢中になった。

華やかな屋台。笛や小太鼓。提灯の道。鳳凰をいただき金色に輝く見事な御輿。古くから脈々と人間の内に流れつづけてきた祭りの血が、激しく騒ぐ。

ワッショイ、ワッショイ
ワッショイ、ワッショイ

いままさに、竜夫は祭りそれ自体とひとつになったかのように感じていた。人間たちの躍然《やくぜん》たる熱気に満ちた、煌びやかな小宇宙。そのすべてと繋《つな》がって、共鳴し合っていたのである――。

そのとき御輿が激しく揺れて、からんからんと鈴が大きく鳴りだした。

そうだった、と、肝心なことを思いだす。

明日は丸一日、お清めか……。

床にしがみつきながら、果たして自分は御輿酔いに耐えられるだろうかと竜夫は急に不安になった。

★

ラムネーゼ

「お嬢さん、ラムネはお好きですか」

ビー玉のように意思のない目を宿した笑顔で、中年の男が言った。

深夜のクラブ。踊り疲れてカクテルを飲んでいるところに、その男は近づいてきた。

声をかけられたのは、あたしではなく友達のエリカのほうだった。ちょっとした嫉《しっ》妬《と》心が湧きおこったけれど、慣れっこなのであたしは黙って見守った。

じっとしていることが苦手なあたしとエリカは、夜ごとクラブに出かけては踊り狂う毎日を過ごしていた。エリカは、男ならば誰でも誘いたくなるほど魅惑的な女の子だ。類《たぐい》まれなる美貌に加えて、豊かな胸に、きゅっとくびれた腰。女目線でもスタイル抜群のウェストからのぞくおヘソには、挑発するようにピアスが鈍く輝いている。

だから、ナンパされるのもよくあることで、それ自体は見慣れていた。でも、男の言葉はこれまでにはない種類のものだった。

「おじさん、いま何て言ったんですか?」

大音量に阻《はば》まれて聞こえなかったのだろう。エリカは男に聞き直した。

男は気にするそぶりも見せず、いま一度、同じことを口にした。

「ラムネは、お好きですか」

「ラムネ?」

エリカは妙な顔をした。はたで聞いていて、それも当然だとあたしは思った。お酒を勧められることはあるけれど、ラムネを勧められることなんて、これまで一度もなかったからだ。

「……それは、人並みに好きですけど」

困惑気味に、エリカは答える。

「ほう、それはようございました」

男は、にこやかに言った。

「そんなこと聞いて、何か意味があるんですか?」

尋ねるエリカを、あたしは横で眺めるだけだ。

「大いにあります。お嬢さん、ラムネーゼにご興味はありませんか」

「らむねーぜ?　なんですか、ソレ」

「ラムネーゼは、ラムネーゼです」

「何なの？　何かのスカウトなの？」

「まさしく、そうです。わたくし、こういう者でして」

男はこちらにも気づかって、名刺を渡してきた。そこには、全国ラムネ推進なんとかと書かれてあった。

「はあ……」

ぽかんとするエリカに、男は言う。

「あなたは必ず、売れます。いえ、売れるモデルに、私がします」

「ラムネでモデル？　えっと、もしかして、ラムネを広める大使みたいな？」

「そのようなものです」

「うそぉ！　ちょっと、芸能事務所のスカウトじゃないの、これ！」

エリカは、はしゃいだ声でこちらを向いた。いかにも怪しげな男にあたしは懐疑的な気持ちになったけれど、うれしそうなエリカを前にすると何も言えなかった。それに、スカウトされているのは自分ではない。人のことに意見する資格なんて、ないとも思った。

「よかったね！」

あたしは努めて明るく言った。

「だって、芸能界ってエリカの夢だったんでしょ？」

「うん、小さいころからの、あたしの夢……。おじさん、あたし、なる。その、らむねーぜってやつに」

「何も今すぐお返事をいただかなくても結構なのですよ？」

「ううん、おじさんの気が変わる前に決めちゃわないと。やらせてください、その仕事」

男の口元に、一瞬、歪《ゆが》んだ笑みが浮かんだように見えた。でも、次の瞬間には元の顔に戻っていたから、あたしの錯覚だったのかもしれない。

「いいんですね？　それでは、事務所にお越しいただきましょう」

「えっ、今からですか？」

「お嬢さんの気が変わらないうちに、ね」

男の言葉に、エリカは笑って返事をした。

「そうね、そうよね。それじゃあ、連れてって」

そしてエリカは、ごめんね、とこちらに軽く目をつぶって手を合わせてみせた。

あたしは明るい表情を保って言った。

「ううん、気にしないで。あたしはもうちょっと休んでから帰るね」

「すみませんね、ご友人をとつぜん連れだして。それでは、お嬢さん、まいりましょう」

「ああ、こんなに早く夢が叶《かな》うなんて！」

エリカは、ふわふわした足取りで男のあとについて行った。


嫌な予感が頭をもたげてきたのは、それから数日たってからのことだった。

あたしは、その後のことを聞きたくなってエリカに連絡をとってみた。

でも。電話をしても一向に通じず、ほかのやり方を試してみても、エリカをつかまえることはできなかった。

あたしは彼女の家を訪ねてみた。鍵は掛かっておらず、そこはもぬけの殻だった。

勝手に中に入ってみる。あたりには、薄く埃《ほこり》が積もっている。ここ数日、家に帰ってなさそうだった。

エリカの身に何かあったんじゃ……。

だんだん心配になってきたけど、それ以上どうすることもできず、不安を抱えたままエリカの家をあとにした。

もやもやした気持ちで、数週間を過ごした。

そんなある日のことだった。ふさぎがちなあたしのことを気にかけてくれたのだろう。彼氏が急にお祭りに行こうと言いだした。

「ほら、いい気分転換になるかもしれないし」

あたしは連れだされるようにして、近所の神社に出かけて行った。

大勢の人で賑《にぎ》わう神社をめぐるうちに、少しだけ気持ちが上向いてきた。

と、参道を歩いているときだった。あたしの目に、ラムネ、という字が飛びこんできて、心臓をきゅっとつかまれたような気持ちになった。

「どうかした？」

心配する彼氏をよそに、あたしは引きつけられるようにそちらのほうへと向かっていった。

「なになに、ちょっと待ってよ」

パラソルの下には、プラスチックの大きな盥《たらい》が置かれていた。水が張られたその中には、氷がぎっしり詰められている。のぞきこむと、氷の隙間から見え隠れしているラムネの瓶は、どれも形がちがっていた。

「ねぇ、これ、ちょっと変じゃない？」

あたしの背筋を、言い表せない冷たいものが走っていく。

「変って？　何なんだよ、さっきから」

「ちゃんと見てよ。ほら、この瓶、なんだか女の人の身体《からだ》みたいじゃない……？」

瓶のフォルムは、スタイルの良い女性の身体を彷彿《ほうふつ》とさせるものだった。

ほかの客とやり取りをしている店主が目に入った。その顔を見て、声をあげそうになった。はっきりと覚えている。先日クラブでエリカを連れていった、あの男にちがいなかった。

あたしはすぐにエリカのことを問いただそうとしたけれど、ぐっと言葉を飲みこんだ。怪しいやつには慎重に対応したほうがいい。そう思ったからだった。

じっとラムネを見ていると、やがて店主が寄ってきた。

「いかがですか、ラムネをおひとつ」

黙っていると、店主はつづけた。こちらのことは、まったく覚えてないらしかった。

「ラムネという飲み物は、飲むシチュエーションや雰囲気によって味が変わるものでしょう？　祭りで飲むラムネというのは、じつにうまいものです。おひとつ飲んでいかれることを、おすすめしますよ。それからもうひとつ、ラムネの味に大きく影響する要素がありましてね。うちはそれにもこだわった品を出しているんですよ。それはずばり、ラムネの瓶です」

「瓶……？」

　店主は自慢げに説明する。

「はい。ラムネの味は瓶でも変わるものなのですよ。良い瓶に入ったラムネを飲むとシュワシュワ感もほどよく増して、とてもうまく感じるのです。だから、うちの瓶はどれもがひとつひとつ手作りの、一点ものでしてね。ラムネーゼなんて呼んでいます。ですから価格も、瓶によって異なるのです」

　ラムネーゼ……男の言葉に、不安を感じながら言った。

「その瓶って、どうやって作ってるんですか……？」

「おっと、それは企業秘密というやつです。ですが、どれを選んでいただいても素晴らしいものであることは保証しますよ。さあ、どれでもお好きなものをお選びくださいな。ただし、瓶は大事な商品ですので、飲み終わったらお戻しいただきます」

　店主に促されて、あたしは氷の中の瓶たちを見比べた。見れば見るほど、女性の身体のようだった。ひょっとして、とあたしは思う。この瓶は、本物の女性からできているんじゃ……？

　ふと、ひときわスタイルの良い瓶が目に入った。あたしはすぐに瓶を手にする。そして、あっと声をあげた。

「どうかされましたか？」

「いえ……」

とっさに否定はしたけれど、叫び声を抑えるので必死だった。

そのラムネの瓶にはおかしなところがあったのだった。瓶のくびれのところに、銀色に光る小さなリングがついていたのだ。エリカのヘソピアスのことが頭をかすめる。

「ほほぉ、お客さんはお目が高い」

店主は満足そうに口にする。

「その瓶は、最近仕入れたばかりの、特によくできたものでしてねぇ。今年一番の収穫と言っても過言じゃありません。なにせ今年のミス・ラムネーゼの最有力候補の呼び声も高いのですから」

あたしの中で、すべてがぴたりとつながった。エリカはやっぱりラムネの瓶にされたんだ……この瓶は、エリカ本人にちがいない！

「お客さん、そちらになさいますか？」

あたしが呆然《ぼうぜん》と立ち尽くしていると、店主は言った。

「それでは、お買い上げということでよろしいですね？　ありがとうございます」

頭を下げて、店主はつづける。

「そうそう、そのラムネーゼの場合には、ひとつだけ気をつけていただかねばならないことがありましてね。栓を開けるときには、十分にお気をつけくださいませ」

「気をつける……？」

　あたしは思わず尋ねていた。

「開けた途端に泡が噴《ふ》きこぼれてしまうのです」

「……どうしてですか？」

「ほら、シェイクされたラムネというのは、泡が噴きだすものでしょう？」

　店主は、不気味な笑みを浮かべている。

「いえね、それというのがそのラムネーゼ、スタイルは抜群なのですけれど、ちょっと目を離すと動き回って仕方がないのですよ。きっと元来、じっとしていられない性分なのでしょうなあ」

★

バベルの刀

「なんだか眠たそうだなあ」

同期と社内で出会ったときのことだった。彼にそう指摘され、おれは答えた。

「それが最近、寝不足で……」

「例のストレスがまだつづいてるのか?」

「いや、これにはわけがあってねぇ」

「わけ?」

同期は、すかさず聞いてきた。

「じつは、面妖《めんよう》な代物を手に入れたんだ」

不可解そうな表情の彼に、おれはおもむろに語りはじめた。

そもそものはじまりは、蚤《のみ》の市を訪れたことにあってねぇ。ほら、休みの日になると多魔坂《たまさか》神社に出てるだろ。ついこのあいだ、あそこに行って。

雑多な市の中に、おれはある店を見つけたんだ。そこは刀ばかりがずらりと並ぶ、骨董品屋《こっとうひんや》だった。物珍しさに惹《ひ》かれて、そちらのほうへと近づいた。

「ゆっくり見ていってくださいな」

パイプ椅子に座って煙をくゆらせ、店主が言った。

「日本刀……の店ですか？」

おれは置かれてあったものを見た。刀はどれも鞘《さや》に収められていて、机の上に置かれていた。何本もまとめて放《ほう》りだされているものから、丁寧に刀掛けに据えられてあるものまで、いろんなものがそこにはあった。

「いいえ、うちが扱っているのはふつうの刀ではありません」

店主は、白い煙を一息に吐いてから口を開いた。

「うちは、世間で妖刀と呼ばれるたぐいの刀を扱う店でしてなあ」

「妖刀……？　呪われた刀、ということですか？」

驚いて聞くと、店主は静かに首を振った。

「まあ、不思議な力を持っている、という意味では、それも間違いではないかもしれません。しかし、妖刀とは、何も不幸をもたらすだけのものではないのです。妖刀にも、いろんなものがありましてね。たとえば、そう、ここにあるのは世にも名高い月光剣」

「げっこうけん……？」

　店主は刀掛けに置かれたひとつを手にとった。

「これは伝説の刀鍛冶、江坂遊衛門《えさかゆえもん》によって生みだされた業物《わざもの》でしてなあ。川面《かわも》に浮かぶ月を斬《き》り、それを桶《おけ》ですくいあげることができるという代物なのです。はるか昔に作られて、浪人の手から手に渡ってうちの店にたどりついたものでして」

　ウソかホントか定かじゃない話に翻弄《ほんろう》されつつ、おれはうなずき返した。

「それからこれは、ブドウ刀と呼ばれる名刀です」

「ブドウ糖？」

「糖分のことではありませんよ。刀という字を書くのです」

　店主は刀を手にすると、そっと鞘から抜き払った。目の前に、真っ白い刃が現れる。ブドウ糖の粉末を彷彿《ほうふつ》とさせるものがあった。

「この刀は素晴らしい効果をもたらしてくれます。斬られた者は、脳が活性化するのです」

「なんですって？」

「いわば脳に糖分を供給してくれる、サプリメントのような効果をもった刀でしてね。受験勉強に勤《いそ》しむ学生さんなどにうってつけです。そんなですから、この刀は他人を斬るためではなく、自分自身を斬るために使われることのほうが多いようです。ちなみに、刀で斬ってもケガをしたりすることはありません。光で斬るがごとく、刀は物をすり抜けるのです」

「……そんな刀があるんですねぇ」

低血糖の人はさぞ欲しがるだろうなぁと、おれは思った。

「ほかにも、斬られた者の風邪を治す葛根刀《かっこん》。人の味覚を変えてしまう甘刀《あまとう》や辛刀《からとう》などという刀も存在します」

「ははあ……」

妙な話ではあったけど、店主の語りに引きこまれている自分がいた。

「どうです、興味が湧いてきましたでしょう？」

店主はおれの心を見透かしたかのように、にやりとした。

図星をさされてどきっとしながらも、おれは刀掛けに置かれてあった一本の刀を指差した。

「こっちの刀も、何か特別な力を宿しているものなんでしょうか？」

おれが指したのは、いかにも古そうな代物だった。漂う妖気が見えてきそうな刀に、おれの目は釘《くぎ》づけになっていた。

「いい質問をしてくれますねぇ。これは、あまたある刀の中でも最も歴史のあるもののひとつです」

店主はわざと言葉を切って、しばらくしてから得意気に言った。

「これは、妖刀、バベルの刀《とう》です」

「バベルというと、あの神話の世界の……？」

「そう、まさしくそこから名づけられた逸品です。刀の形も、塔の形とじつに似ていましてね」

店主が刀を抜き払うと、奇妙な形をした刃が現れた。それは絵画でよく見るバベルの塔を縦に伸ばしたような形をしていて、螺旋《らせん》状になった刃はまるで煉瓦《れんが》でできているみたいに赤茶けていた。剣先は、途中で崩れてしまったように不格好になっている。

「これにはいったい、どんな力が？」

悲劇的な神話の結末を思いだし、なんだか不吉な予感に襲われた。

「この刀で斬られた者は、他者との意思疎通が困難になってしまいます。まさしくバベルの塔の神話のように神の怒りを買い、言葉が通じなくなるんですなあ。換言すると、言語の系統は周囲と同じでも、微妙なズレが生じて意味が通りづらくなるのですよ。ほら、ときどき、何をしゃべっているのかよく分からない人間がいるでしょう。

ああいった人たちは、この妖刀の手にかかっている可能性が多分にあります。バベルの刀は、ほかにも何本か、この世に存在が確認されていますからねぇ」

恐ろしいことを平気で言ってくれるなぁと、おれは思った。

「それだけではありません。若者言葉が分からないとボヤく人を見たことはありませんか。あれは若者側にも大人側にも非はなくて、じつはこの刀に斬られた若者がコミュニケーションの障害に陥っているだけなのですよ。それというのも、一時期、若者を闇討《やみう》ちしてまわる悪《あ》しき輩《やから》が現れましてねぇ。そいつのせいで、いまの悲惨な状況が生まれてしまったというわけです」

「考えただけで恐ろしいですね……」

「まあ、そいつはすでに闇に葬《ほうむ》られていますので、ご安心を。もっとも、この刀を手にした人間が、いつ人斬りに走るとも限らないですがね」

店主は歪《ゆが》んだ笑みを浮かべた。

「しかし、です。この刀には悪いことしかないかと言うと、そんなことはありません。使いようによっては、とても重宝するものなのですよ」

「どういうことでしょう……？」

「刀の力を逆手にとってやるのです。ほら、周りにいませんか、口の悪い、嫌味な人間が。何かにつけて嫌味の嵐。考えるだけでもイヤですが」

おれの頭には、部長の顔がぱっと思い浮かんでいた。

「そういう人間は、この刀で斬ってやればよいのです。すると、向こうは嫌味を言っているつもりでも、こちらとしては何を言っているのか、いまいちよく理解できない。つまりはただの雑音を聞いているのと同じような具合で、嫌味がまったく気にならなくなるのですよ」

「……素晴らしい」

話にのめりこんでしまって、気づけば身を乗りだしていた。

おれは思わず聞いてみた。

「ちなみに、この刀はおいくらぐらいするのでしょうか……もちろん安くはないでしょうが……」

「これくらいのお値段でしょうかね」

店主が口にした数字は、給料半年分ほどに相当する金額だった。

「なるほどですねぇ……」

おれはしばらく黙りこんで、考えをめぐらせた。貯金の額を頭に思い浮かべてみる。高い買い物にはちがいないけど、貯金をはたけば手が出せないほどのものじゃあない。

嫌な日常とバベルの刀とのあいだで、天秤《てんびん》がゆらゆら揺れた。

「……その刀、買います。いえ、どうか購入させてください」

迷った末に、そう口にした。

「ありがとうございます」

店主はぺこりと頭を下げた。

おれはすぐさま貯金を下ろして店に戻った。

店主から刀を受けとると、それを抜き払い、妖しげな刃《やいば》をしげしげ眺めた。

「くれぐれも、悪用しないようにご注意を」

そうしておれは、店をあとにした。


「にわかには信じがたい話だな……」

同期は考えこむようにしてつぶやいた。

「でも、まあ、おまえがそんなに言うからには、本当にあったことなんだろうなあ……」

「もちろん、この話にウソはない」

胸を張ってそう答える。

「……ということはだよ、おまえはそのバベルの刀を使ってみたってわけなのか？」

おれは深くうなずいた。

「つまりは部長を刀で斬ったと……？」

「そういうことだね」

当時のことを思い返して、おれはつづける。

「帰り道を狙ってね。後ろからバッサリ、一刀したんだ。斬っても物理的な影響は皆無だから、部長は気づかずそのまま行ってしまったんだけどね」

うーん、と同期は唸《うな》った。

でも、と、彼は首をかしげ、

「それなら、前に言ってた部長からのストレスは、もうなくなったんじゃないのか？あれが原因で寝不足になってるって悩んでたんじゃなかったっけ……」

怪訝《けげん》な顔で口にした。

「そうだね、いまじゃあ部長から何を言われようが雑音にしか聞こえないから、まあ、そのストレスからはたしかに解放されたんだ。そういう意味では、思い切って買った価値は十分にあったよ」

「じゃあ、なんで寝不足なんかになってるんだ……？」

その理由が分からない、と同期は言った。

「ストレスから解放されたんだろ？　その話が本当なら、眠れるようになったはずじゃないか」

「それが、問題は別にあって」

「別……？」

おれは事情を説明する。

「バベルの刀を手に入れてから、おれは斬りそんじをしないように、家の前でひそかに闇討ちの練習を繰り返してたんだ。そのときだった。ふと、疲れておろした刀に向かって飛びかかるものがあったんだ」

「飛びかかる……？」

「何に刺激されたのか、一匹のネコが刀をすり抜けていったんだよ」

「……はあ、ネコが。でも、それと寝不足とが、どう関係してるっていうんだよ」

腑《ふ》に落ちない様子の同期に向かって、おれは言う。

「それがねぇ、バベルの刀で斬られたそいつは、ネコ同士での意思疎通が困難になってしまったようなんだ。それで必死に意思を伝えようとしているらしく、夜通しミャアミャアうるさくて」

★

皮財布

こんなものを突然持ちこんじゃって、悪いわねぇ。初めてのことかもしれないけれど、年寄りのわがままと思って付き合ってもらえるとありがたいわ。

多魔坂《たまさか》神社の蚤《のみ》の市を知ってるかしら。昔からずぅっとつづいている、あの不思議な市。このお財布は、そうね、もうかれこれ四十年くらい前になるのねぇ。若いころにあそこで買ったものなのよ。

あの日、わたしはひとりで神社に出かけていった。あてもなく、ふらりとね。おもしろおかしいお店の連なりを眺めて回っているときだった。わたしの目に、ずらりと財布を並べた光景が飛びこんできたのは。

どこか惹《ひ》かれるところがあって、わたしはそちらに近寄った。そして、なんとなくひとつを──装飾のないシンプルな長財布を手にとってみた。その肌色のお財布はとってもすべすべしていて、何の革でできてるのかなぁなんて考えた。ちょうど新しいお財布が欲しかったから、こういうものなら買ってもいいかなと思ったの。

でも、値札に目をやって驚いた。デパートに置いてある高級品くらいの金額が書かれていたのよ。

「買っていかれますかな？」

お店の人が横に来て、声をかけてきた。わたしは値段にうろたえて、すぐに棚に戻したわ。

「あ、いえ、ちょっと見ていただけで……」

「それを気に入られるとは、お目が高い。数ある財布の中でも、相当特殊な部類に入りますからなあ」

さっさとお店を離れよう。そう思ったわたしを引きとめたのは、お店の人の言葉だった。その意味ありげな言い方が気になったのよ。

わたしは尋ねずにはいられなかった。

「特殊なお財布って、どういうことですか……？」

値段が高いのには、何かそれなりの理由があるにちがいない。そう考えて、わたしはお店の人の言葉を待った。

「その財布はですねぇ、使うほどに味が出てくる財布なのですよ」

「なるほど、たしかに良い革でできたお財布は、使うほどに味が出てくるって聞いたことがあります」

わたしは、飴色《あめいろ》に光る艶《つや》やかな革を思い浮かべてそう言った。

するとお店の人は、思わぬことを口にした。

「お客さん、あなた、ふつうの革財布のことを考えておるでしょう？　ところがです。これはそんじょそこらのものとはわけがちがうのですよ」

「どういうことでしょう……？」

わたしは誘導されるように言葉を発した。

「この財布のカワは、なめした革ではありません。なめす前、もっと言うと剝《は》ぐ前の皮のように、命が宿っておるのです」

「命……？」

「はい。わたしら人間の皮膚と同じように、この財布の皮は生きておるというわけですよ」

「やだわ、ウソでしょう？」

反射的に、笑い飛ばした。

「いいえ。お客さん、本当です」

お店の人の真面目な顔に気圧《けお》されて、少しのあいだ次の言葉が継げなかった。

じっと見つめられるうちに、わたしはだんだん不安になってきた。

「……本当ですか？」

「本当です」

お店の人の口調には、それを信じさせる力があった。

「使うほどに味が出るというのも、皮が生きておるからこそでしてなあ。我々人間の皮膚と同様、年月を経るにつれて味わいがどんどん深まってゆくのです。その代わり、です。放《ほう》っておいたらすぐに傷むのも、この財布ならではの特徴でしてなあ。毎日の手入れが欠かせませんで」

わたしはそのお財布に、興味を持ちはじめていた。

「お手入れって、布で拭いたりするんでしょうか？」

「いんや、もっと手間のかかるものなのです」

お店の人は、首を振ってつづけたわ。

「まず毎晩、石鹸《せっけん》で汚れを落としてやる必要がありましてな。それから、ほら、おなごの使う液体があるでしょう。化粧水やら、乳液やら。ああいったもので丹念に手入れをしてやらねばならないのですよ」

「なんだか、お肌のお手入れみたいですねぇ」

お店の人はうなずきながら、お財布のひとつを手にとった。

「こいつみたいに若い皮財布は、手入れを怠るとすぐに吹出物《ふきでもの》が出てきよります。ですから、買ってしばらくは注意が必要なんですよ。それでも肌が荒れてしまった場合には、跡が残らないように薬をつけて治してやらねばなりません」

「へえぇ……」

「それから、財布に化粧を施したがる人もおりましてなあ。皮に白粉《おしろい》をはたいて、頬紅なんかを差して、小ぎれいにしてやるわけですわ。夏になると油を塗って日にあてて、小麦色に焼いたりするもんもおるようです。逆に、日焼け止めを塗ってやるもんもおるようですな。そうして時を経るにつれて、自分だけの財布が完成していく。まさに、使うほどに味が出てくるのです」

革は自分で育てるものだと聞いたことはあったけれど、まさか本当に育てる「皮」があるだなんて……。お店の人の話を聞くうちに、わたしは無性にそのお財布が欲しくなっていた。

「でも、お高いんですよねぇ……」

そんな言葉が口をついて出ていたわ。

「これを高いと思うか安いと思うかは、お客さん次第ですなあ。なにせ、きちんと手入れをしつづければ一生もんの財布となるわけですから」

わたしの中で、挑戦心がむくむくむくっと湧きあがった。なんだか自分を試されているような気になったのよ。

「おじいさん、買うわ、わたし」

気がつけば、考えるよりも先に口が動いていた。

「ぜったい、自分だけの味のあるお財布に育ててみせますから！」

「元気のいいお嬢さんで。よぉし、その心意気を買って、ちょっとばかし値引きいたしましょう」

それからよ、皮財布との生活がはじまったのは。

わたしはいつもお手入れ道具を欠かさず持って、行く先々でも丁寧にお財布の世話をした。お財布は手のひらで包むと温かくて、まるで体温を感じるようだった。

毎晩のお手入れだけじゃあ心もとなかったから、わたしは朝と夜、自分が顔を洗うのと同時にお財布の皮も洗ってあげた。お化粧道具もデパートでちゃんと良いものを揃《そろ》えてあげて、入念にお手入れをつづけていった。お財布は動いたりして反応することはなかったけれど、わたしはまるで我が子のように可愛《かわい》がったわ。

お財布は、年に数回、頬紅も差していないのに表面がうっすら赤く染まることがあった。最初のうちは自然と引くのを待つだけだったんだけれどね。そのうち熱が出てるんだって気がついてからは、氷水で冷やして看病してあげるようになった。

流行《はや》りはじめた最新のエステなんかにも、ときどき連れていってあげたわねぇ。お店の人はおかしそうな顔をしていたけれど、わたしのほうは真面目も真面目。自分のお顔なんかより、よっぽどお金を使ったものよ。

お財布に皺《しわ》が入りはじめたのは、そうね、二十年ほどたってからのことだったかしら。どんなにお手入れを欠かさなくっても、年月の力にはあらがえないものだなぁと思ったわ。

でも、わたしはがっかりなんてしなかった。むしろこれこそ、年月を重ねることでしか得られない味なんだって感動したくらい。お財布は、わたし自身が年をとるのに寄りそうように、深い皺をいくつもいくつも重ねていった。

そうして、気づけば四十年。本当に、あっと言う間だったわよ。年月の過ぎるのは早いものだって、しみじみ思うわねぇ。

ほら、これがそのお財布よ。

昔はぴちぴちだった皮も、今じゃこんなによぼよぼになってしまった。けれどこれが、年をとることでしか得られない本物の味わい。勲章《くんしょう》みたいなものだって、わたしは思っているわ。

　でも本当に、こんなになるまでよく育ってくれたものよねぇ。これまで、ずうっと一緒に過ごしてきたの。そう、いつも離れず一緒だった。わたしの大事な大事なお財布……。

　だからこそ、微妙な変化に気がついたのも、とても早い時期だった。

　少しずつ、ほんとに少しずつだったけれど、生気が失われていくお財布に、わたしは心が締めつけられるような思いだったわ。何もしてあげられない自分の無力さを、なんど恨んだことか分からない。

　老衰。

　人間で言うと、きっと、それにあたるんじゃないかと思ってる。そして、お財布から完全にぬくもりが消えてしまって、わたしの手が温める一方になったとき……お財布の最期のときを悟ったの。

　それがちょうど、今朝のことでねぇ。

　不意のことじゃなかったのがせめてもの救いだったと、いまはそう思っているわ。おかげさまで、わたしも気持ちの準備がしっかりできた。だから、心にぽっかり穴はあいているけれど、取り乱したりはしなくてすんだ。

それで、お願いというのがね、こんなことをメイクのプロに頼むのも変な話だとは思うのだけれど。でも、わたしはこの子を、この皮財布を、一番美しい姿にしてあげて、見送りたいと思っているの。

長年連れ添ったお財布に、愛をこめて。

ねぇ、どうかこの子にとびっきりの死化粧《しにげしょう》——エンゼルメイクを施してあげてはくれないかしら。

★

鼻ガンマン

射的の屋台は、今日もたくさんの人でごった返している。

子供も大人も、みな夢中になってコルクを銃口にぎゅぎゅっと押しこむ。狙いをじっくり定めたあとで、

「パンッ」

と大きな破裂音。

的を外して悔しがる者。欲しいものを手中に収めてガッツポーズを決める者。予期せぬ的に当たってしまって曖昧な笑みを浮かべる者。ささやかな一喜一憂が、祭りの夜を明るく賑《にぎ》わせている。

そこにひとり、大きなマスクで顔を隠した中年の男がやってきた。

「店員さん、一回分で」

さらりと告げると、その人物――おじさんは、店員からコルクを五つ受けとった。

「あいよ。銃は、これでいいかい？」

店員は、おじさんに空気銃を差しだした。

と、おじさんは、不可解なことを口にした。

「おれは銃を使わない主義でね」

「はい？　使わない……？」

ぽかんとする店員をよそに、おじさんはおもむろにマスクを外した。無精《ぶしょう》ヒゲをたくわえた、野性味あふれる顔が現れた。

「そうさ、おれに銃は必要ないんだ」

「はあ、まあ、それじゃあ……」

店員はおじさんを訝《いぶか》しげに見ながらも、言われたとおりに銃を後ろに引っこめた。

コルクだけで何をしようというのだろう。そういう気持ちが顔に出ている。

おじさんはコルクを手にとり、ゆっくり顔へと近づけた。

「ちょっと、お客さん、何やってるんですか！」

慌てる店員に、おじさんは平然と言い放った。

「何って、弾を充塡《じゅうてん》したまでさ」

「充塡って……鼻にコルクを突っこんだりして、汚いじゃないですか！」

店員が指摘したとおり、おじさんは、あろうことかコルクを鼻の穴へと差しいれたのだった。

「いや、安心していい。おれは、鼻は清潔にをモットーとしていてね」

「そういう問題じゃなくてですね……」

おじさんは一向に気にする様子を見せず、左の鼻穴に詰めたコルクをいま一度ぎゅっと押しこんだ。

そのころになると、あたりも妙な事態に気がついて、おじさんは注目の的となっていた。

「お客さん、変なことして目立とうとしちゃあ困りますよ。ほら、みなさん見てるじゃないですか……」

「変なことなどしていない。おれは純粋に射的を楽しみに来ただけだ」

「だったら、ふつうにやってくださいよ」

「これがおれにとっての常識だ」

らちが明かず、店員はすっかり弱ってしまう。

おじさんは、ひとりで勝手に準備をつづけた。コルクがしっかりはまっていることを確認すると、息を大きく吸いこんだ。右の鼻穴へと手をかざし、それをふさぐ。天井を見上げるようにして、あごを前へと突きだした。

ふんっ、と鼻に息を送りこんだ瞬間だった。

パンッと破裂音が響き渡り、目にも止まらぬ速さで男の鼻からコルクが飛びだした。刹那《せつな》のうちに、お菓子の的は地面へ転がり落ちていた。

あまりのことに、あたりはしんと静まった。

つづいて、パラパラと拍手があがった。いつしかそれは、大喝采へと変わっていた。

「いいぞ、おっさん！」

「パパ、あの人、変だけどなんかすごい！」

「もう一回っ！　もう一回っ！」

「えっと、その、お客さん、いま何を……？」

店員は、おそるおそる尋ねてみた。

「射的だよ。ただし、我流のね」

「それじゃあ、私の見間違いなんかじゃなく……」

「ああ、この自慢の鼻で的を射たというわけさ。おれは鼻で射的をする、人呼んで鼻ガンマンでね」

「鼻ガンマン……」

店員は事態がまだ完全に理解できていないようで、復唱するようにつぶやいた。

「ところで、あの景品は、もらえるんだろう?」

「それはもう、もちろん……」

急いで景品を拾いあげ、おじさんの前に慌てて置いた。

おじさんは、それをポケットにしまうと、二つ目のコルクを鼻に詰めた。

パンッとコルクが放たれて、簡単に的が落ちていく。

流れるような一連の所作に、観衆はぴゅうっと盛りあがった。おじさんは声援を背に受けて、つづけざまにパン、パン、パンッ、と残りの三発も華麗に放った。店員は呆然《ぼうぜん》とその光景を見つめるのみ。

と、観衆がアンコールを求める声をあげたときのことだった。

「おいおい、何の騒ぎだ? どいたどいた」

人だかりの中から突如、ガラの悪い声があがり、にわかに場はざわつきはじめた。声に押しのけられるようにして、観衆が二手に分かれていく。屋台に向かって延びた道を、スウェット姿の三人組が唾《つば》を吐きながら闊歩《かっぽ》してきた。

「アニキ、何の店かと思ったら、射的屋ですぜ」

「なぁんだ、期待して損しましたね、兄さん」

子分と思《おぼ》しき二人が言った。

「まあ、庶民のお遊びなんざ、所詮はそんなもんだ。あんまり期待してやっちゃあ、かわいそうだというものさ。がっはっは」

兄貴分らしき男が嘲笑《ちょうしょう》する。

「それにしても、ただの射的屋にしちゃあ、やけに人が多いですね」

「兄さん、何かあるんでしょうか」

「どうだろうな。おい、店のやつはどいつだ」

「は、はい……」

店員はすっかり怯《おび》えた声で返事をする。

「なんなんだ、この騒ぎは」

「そ、そこのお客さんが盛りあげてくださいまして……」

「客だとぉ？」

兄貴は、おじさんのほうへと目をやった。

「ほほぉ、おまえか。いったい何をやったんだ、ええ？」

すごんでみせたが、おじさんはどこ吹く風で平然と答える。

「いや、言うほどのことじゃあないさ」

「それを教えろってんだよ」

「それには及ばん」

「言えってば」

調子を崩され、懇願するような口調になった。

「そこまで言うなら、まあ。何を隠そう、おれはさすらいの鼻ガンマンでね」

「なんだ、そりゃあ」

「鼻にコルクを詰めて射的をするのさ。空気銃は使わずにな」

「へ？」

兄貴は変な声をあげていた。

子分たちは高らかに笑う。

「あっはっは、アニキ、こりゃ傑作ですぜ」

「鼻にコルクを詰めるって？　どうかしてるぜ！」

兄貴は、二人をなだめるように言った。

「まあまあ、おまえたち。おれも一瞬、耳を疑ったが、冷静になって考えてもみろ。そんな話が本当なわけがないだろう。おれたち相手にウソをつくたあ、いい度胸だよ、このおっさん」

おじさんは、呆《あき》れたように肩をすくめる。

「やれやれ、自分で何もできないやつほど吠《ほ》えたがる」

「なんだと、てめぇ！　アニキに向かって！」

いきりたった子分のひとりに兄貴は言う。

「まあ、そうカッカするな。おい、おっさん。そこまで言うなら、見せてもらおうじゃないか。その鼻ガンマンとやらを」

「いいだろう」

おじさんは店員に目をやって、

「しょうがない。あと一回分、頼むよ」

「た、ただいまっ！」

おじさんの前に、すぐさま五つのコルクが並べられた。おじさんは、ふぅと肩の力を抜く。コルクをひとつ手にとると、ゆっくり左の鼻にそれを詰める。

「ぷっ、アニキ、ほんとにやってますぜ！」

「とんだまぬけ面《づら》だなあ、ええ？」

騒ぐ子分とは対照的に、兄貴はじっと見つめている。

おじさんはあごを前へと突きだすと、的のほうへと鼻を向ける。息を大きく吸いこんで右鼻を指で押さえると、ふんっ、と息を吐きだした。

パンッと響き渡った音に、三人組はびくっと肩を震わせた。

「な、な、なんだあ⁉」

男たちは、おじさんの鼻と地面に落ちた的とを交互に見比べ、目を白黒させた。大きな歓声があたりを包んだ。おじさんは、三人のリアクションを楽しむようにニヤリとした。

「まあ、こんなところかな。どうかね、きみらもやってみるかな？」

子分のひとりが声をあげる。

「や、やるって、何をだ！」

「鼻ガンマンをさ」

一瞬のあいだ沈黙が流れ、子分たちは兄貴のほうへと目をやった。

「がっはっは、おもしろい。いいだろう。やってやろうじゃあないか」

兄貴は、笑い声をあげていた。

「おい、おまえら、やってやれ！」

「分かりやした！」

そう言うと、子分のひとりが進みでた。

並べられたコルクの中から、ひとつを手にとる。そして、おじさんのしたようにぎゆぎゅっと鼻に詰めこんだ。

「なんだか妙な感じだな……」

落ち着かなそうに身体《からだ》をくねらせ、構えに入る。

子分は見よう見まねで、ふんっ、と鼻息を吐きだした――。

「なんだよ、だらしねぇ」

呆れた声をあげたのは、もうひとりの子分だった。

コルクは前に飛ぶどころか、ぽとんと真下に落ちたのだった。

「くそぅっ！」

子分はぺっと唾を吐きだすと、悔しそうにコルクをぐいぐい踏みつけた。

「次はおれだ。兄さん、見ててくだせえ。このおれが、度肝を抜いてやりやすからっ」

子分は肩をいからせて、鼻にコルクを押しこんだ。勢いこんで、鼻息を吐く。

が、しかし。

飛ばしたコルクは的にも届かず、地面に虚《むな》しく転がった。

「……ふん、くだらねぇ」

吐き捨てるように子分は言った。

「おいおい、おまえら、何やってんだ」

兄貴は声を荒らげて言った。

「情けないこったなあ。まあ、しょうがない。カタキはおれがとってやる」

「アニキ！」「兄さん！」

前にでて、兄貴は残った二発を手にとった。

「二つとも？　アニキ、いったい何を……？」

「ただおっさんの真似《まね》をするだけじゃあ、つまらんだろう。おれは二丁拳銃で勝負するっ！」

高らかに宣言すると、コルクを鼻の両穴に詰めだした。

「ほぉ、おもしろいことをするもんだ」

感心するおじさんをよそに、兄貴はぎゅぎゅっとコルクを押しこむ。なんとも滑稽な絵面ができあがった。

「はんだか、鼻がむずむずするは……」

その声は、コルクのせいで鼻声になっている。

「ほい、ほまへら」

それでも強い口調で子分に言った。

「撃つ前に、ひゃんとコルクが詰まっているかを確認しお！」

そう言って、子分たちのほうを向いた、そのときだった。

「ひょっと待て、鼻の奥が……」

兄貴は慌てた様子で口にした。

「ハッ、ハッ……」

瞬間的に、嫌な予感が場に満ちた。

「ハッックション‼」

その予感は的中し、兄貴はド派手なくしゃみをかました。

「うわぁっ！」

叫び声をあげたのは、子分の二人だった。

兄貴の鼻からは、すさまじい勢いで二つのコルクが飛びだしていた。そこまでは、よかった。想定外だったのは、暴発した二つのコルクが射たものが、的ではなくて子分二人の胸であったということだ。

おじさんは、呆然としている兄貴に向かって感嘆の声をあげていた。

「ほぉ、お見事！　あんた、なかなかやるじゃあないか！」

そして胸を押さえて地面に転がる子分二人に目をやって、

「しかしまあ、筋はいいが狙いどころを間違えたなあ。これじゃあ持ち帰るのが大変なこった。おれだって、こんなにでかい獲物を射たことなんて一度もないぜ？　それも二つも同時に」

★

巻舌

「なによ、これ」

ドアを開けて早々に、あたしは声をあげていた。

友達の瑛子《えいこ》の部屋には、おかしなものが飾られていたのだった。

「なにって、見てのとおりの掛け軸よ」

「掛け軸？　これが？」

信じられない思いで言った。

「まあ、よくある掛け軸とは少し趣《おもむき》がちがうから、びっくりするのも仕方ないかもだけど」

「少しどころか、ぜんぜんちがうものじゃない。いったい何からできてるのよ、コレ」

「ふふふ、気になるの？」

瑛子はわざとらしい声で言った。

「気にならないほうがおかしいでしょ」

　あたしはすぐにツッコミを返す。

「これはねぇ、蚤《のみ》の市で手に入れてきたものなのよ」

「蚤の市？　フリーマーケットってやつのこと？」

「そう、近くの神社にときどきお店が出てるでしょ？　あそこに行って買ったのよ。まあ、思い返してみれば、あたしもはじめて見たときはとっても驚いたものだったわ」

「そりゃそうでしょうね。でも、なんでこんなの買ったのよ」

「お店の人の話がおもしろかったから、かしら」

「話って？」

「聞きたいの？」

「教えてよ」

　しばらく同じようなやり取りを繰り返す。

　散々じらされたあとで、瑛子はようやく話しはじめた。

「あたしがあのお店を見つけたのは、ほんとにただの偶然だった。なにかおもしろいものがないかなぁって歩いてるときに、変わった雰囲気のお店を見つけたのよ。近づいてみると、細長い桐《きり》の小箱が並んでいた。いかにも高級そうな骨董品《こっとうひん》って感じでどうしようか迷ったけど、好奇心が打ち勝って、あたしはお店の人に声をかけた。見せてもらってもいいかって。

『お若いのに、珍しいですね。もちろん、いいですよ』

お店の人は、にこやかに応じてくれた。

『箱の中には何が入ってるんですか？』

尋ねると、お店の人はこう言った。

『開けてみれば分かります』

あたしは手近なひとつを持ちあげた。それはとっても軽くって、そのままフタを開けてみた。

その瞬間。思わず悲鳴をあげていた。目に飛びこんできたのは、すごく奇妙なものだったのよ」

瑛子は興がのってきたようで、高揚した様子で話をつづけた。

「あたしはすぐにフタを閉じて、お店の人に押し返したの。

『ちょっと、何なんですか、コレ！』

叫んだあとで、動揺した心を落ち着けようと深呼吸をひとつした。

『お姉さん、どうぞ落ち着いて』

『落ち着いてなんていられませんよ。ここはミイラ売りのお店なんですか⁉』

『いいえ、そのようなものではございません』

『じゃあ、コレはいったい……』

『舌ですよ、人間の』

あたしは背筋がぞっとしたわ。

『やっぱりミイラじゃないですか！』

叫ぶあたしとは対照的に、お店の人は平然としたものだった。

『お姉さん、それがミイラではないのですよ。たしかにこれは、人間の舌にほかなりません。しかし、ふつうのものとは一味ちがう、とても変わったものなのです』

『……変わったもの？』

『ええ、だからこそ価値が生まれて、こうして商売をしているわけです。これはですね、巻物ならぬ、巻舌と呼ばれるものなのですよ』

『はあ、巻舌……？』

『ほら、たまにやたらと舌を巻いてしゃべる人、いわゆる巻舌の人がいるでしょう？これは、ああいった人たちの舌を切ったものなのです。名前をそのままいただいて、モノも巻舌と呼んでいます』

瞬間的に、あたしは口を押さえていた。舌を抜かれるんじゃないかって反射的に思ったの。でも、お店の人の話は想像とはまったくちがったものだった。

『慌てなくても大丈夫です。別にお姉さんの舌を切り取ったりはしませんから』

穏やかな口調に、ひとまずは安堵《あんど》した。

それに、と、お店の人はつづけて言った。

『この巻舌は余計な部分を売ってもらっているだけですので、誰も傷ついたりはしていません』

『余計な部分っていうのは……』

『巻舌の人はですね、じつは舌が長いのですよ。いえ、正確にはちょっとちがいますね。巻舌の人は、しゃべればしゃべるほど、舌がどんどん巻かれて自然と長くなっていくのです。私はその伸びた分を譲ってもらっているというわけでしてね。そしてその丸まっている舌を広げてやって、毛筆で好きな言葉を書いてもらう。すると巻物のように価値が生まれて売り物になるのです』

『それじゃあ、さっき箱に入っていたものにも何かの文字が……？』

『ええ、ぺろりと広げると、ありがたい言葉が書かれています。それを床の間などに飾って鑑賞するという具合です。掛け軸ならぬ、掛け舌として』

『なんだかグロテスクな趣味ですね……』

『そんなことはありません。とても高尚な趣味なのです。ほら、ヘソの緒だって、ときどき取りだして眺めてみたりするものじゃあないですか』

『それはそうですけど……』

『コレクターだっているのですよ』

『ほんとうですか？』

『中にはとても貴重なものもありますからね。ここにもレアものがまじっていますよ』

『どんなものが珍しいものなんでしょう……？』

　あたしは想像できずに聞いてみた。

『やはり古い時代のものほど、高い値段がつきますすねぇ』

『そんなに昔からあるものなんですか⁉』

『最古の巻舌は江戸時代までさかのぼります。べらんめぇ口調という、典型的な巻舌しゃべりがあるでしょう？　そのおかげで、江戸時代には多くの巻舌が採取できたということです。現存するものは高値で取り引きされていましてね。

江戸から時代が移ってからは、それまでとはちがうたぐいの巻舌が増えていきました。欧米の文化が入ってくるようになってからのことですね。特にスペイン語やイタリア語などは巻舌でしゃべることがとても多い。ですから、欧米人製の巻舌というのが急増しました。逆にその時代には外国語を話せる日本人は少なかったので、日本人製の巻舌がとても貴重なものになりましてね。そんなわけで、文明開化あたりの品は日本人製のものが高値になる傾向にあるのです』

そんなことになってたなんて、あたしはまったくもって知らなかった。無知な自分を恥じたものよ。

『ところで、お姉さん。せっかくの機会ですから、おひとついかがです？』

お店の人は愛想笑いを浮かべて言った。

『良いものには、若いときから触れておいたほうがよろしいですよ』

そう言われる前から、あたしの心は動いていた。見た目のこともあったから最初は引いて見てたんだけど、お店の人の話を聞くうちに、ひとつくらいは持っておいたほうが教養が深まるんじゃないかって考えた。

『それじゃあ、せっかくですし、ひとつ買おうかしら……』

『ほほほ、ありがとうございます』

『でも、そんなに値の張るものは買えないんです。安いものはどのあたりですか?』

だいたいの予算を伝えると、お店の人はいくつか見繕《みつくろ》ってくれた。

『このあたりなど、いかがでしょう』

あたしはそれをひとつひとつ丁寧に広げて、中に書かれた文字をたしかめた。なるほど、安いものにはそれなりの理由があるんだなぁって思ったけど、思い切ってひとつ買うことに決めたのよ。

そうしてお店の人に見送られて、あたしは店をあとにした。巻舌を持ってるってだけで、なんだか急に自分が高尚な人間になれたような気になったわねぇ。

なんて、そんなことがあったのよ。どう? なかなか変な話でしょう?」

瑛子は秘密を打ち明けた少女みたいに、はにかんだ。

あたしは動揺しながらも、ふり絞るように声をだした。

「それじゃあ、この壁にかかっているものは……」

「ええ、その巻舌を広げて飾った、掛け舌というわけなのよ」

まだ半信半疑の状態を抜けだせていなかったけど、瑛子に向かって遠慮しながら口を開いた。

「でも、いくら値段が安いからって、さすがにこれはないんじゃない……?」

その巻舌に目をやって、これじゃあ教養も何もあったもんじゃないなぁと思ってしまった。

「そう？　これはこれで、いい雰囲気が出てると思うんだけど」

瑛子は本気で言っているようだった。壁に掛かったそれを見て、同じ巻舌にもいろんな種類——ヤンチャな人からとれたものもあるのだとは理解したけど、瑛子のセンスをただただ疑うばかりだった。

「それにしたって……」

あたしは、夜露死苦、と書かれた舌を見て閉口する。

★

獅子舞の夜

分かりますか。ええ、ここのところ眠れなくて。毎朝、鏡で自分の顔を確認するたび、無事でいることへの安堵《あんど》とともに、痩《や》せこけた頬や酷《ひど》い隈《くま》に我ながらぎょっとするのです。

原因は、はっきりしています。隣で眠る妻です。私の気も知らないで、妻はぐっすりと気持ちよさそうに眠っています。

あれはもう、二十年ほど前のことになりますか。

小さいころ、私は祭りというものに異様に惹《ひ》かれるタチでした。

私が住んでいたのはとても小さな町だったのですが、どこから人が湧いてくるのか、祭りになるとそれはそれはたくさんの人で神社は賑《にぎ》わったものでした。

鳥居をくぐれば、まるでもう、闇の中に現れた異世界です。

真っ赤な提灯《ちょうちん》が静かに燃え、石畳を妖しく照らしだしています。

面妖《めんよう》なヒモくじ屋に、水ヨーヨー屋。ラムネ屋の店主はニヤニヤと意味深な笑みを浮かべて客に話しかけていて、一見してガラクタばかりだとわかる骨董品屋《こっとうひん》は口上《こうじょう》をまくし立てています。そういう日常からかけ離れた光景が、たまらなく好きでした。

しかし、二十年前のその日を境に、私は祭りに足を運ぶことがなくなりました。いまでも、あれが現実に起こったことだったとは思いたくありません。ですが、鮮明な映像が頭に刻みこまれていて、拭うことができないのです。

あの祭りの名物のひとつは、獅子舞《ししまい》でした。

一方で、祭り好きの私が唯一苦手だったのが、まさしくその獅子舞だったのです。

私の地域では、被《かぶ》り物の獅子の中に人がひとり入る「一人立ち」と呼ばれる獅子舞が主流でした。

濃緑色の獅子の身体《からだ》。そこには、小さな白い渦が蠢《うごめ》くようにいくつも描かれていま す。その先端についているのが、鬼のような形相で真っ赤に塗られた獅子の頭。そんなおどろおどろしい異形《いぎょう》のものが、お囃子《はやし》の中で狂ったように踊るのです。

歯を打ち合わせる音も、不気味さを際立たせる要因でした。ガチガチと不必要に強く鳴る、耳障りな音。あれを聞くたびに、私はどうしようもなく不吉なものを感じるのでした。

あの日、神社の中をうろうろしていると、私は喧噪《けんそう》から離れたところにちょっとした人だかりを見つけました。

大道芸でもやっているのかな。それにしても、変なところでやるものだなぁ。

そう思って近づいていったのですが、それが獅子舞の見物者たちと分かるとがっかりしました。私は買ったばかりの綿菓子を手に持って、近くにあった石碑の台座に登ります。そこは岩が積まれてできた場所で、なかなか眺めのよい特別席なのです。

もちろん私は獅子舞に興味はありませんでしたから、それが視界に入らない石碑の裏側に座りました。誰にも邪魔をされずに、ゆっくりと綿菓子を食べよう。そう思っていました。

お囃子に合わせ、獅子舞が砂埃《すなぼこり》をあげながら舞い狂っているのが観衆の声で分かります。

ガチガチと、歯を打ち合わせる異様な音が聞こえてきます。

観衆の熱狂に、空気が歪《ゆが》んでいるように感じました。

そのときでした。突如、悲鳴があがったのは。

私は何があったのだろうかと石碑から少し顔を出し、様子を探りました。

戦慄が走るとは、ああいったときのことを言うのでしょう。私は夢を見ているのだと自分に言い聞かせようとしたほどでした。

獅子舞が、女性の頭に噛《か》みついていたのです。

いいえ、獅子舞が頭を噛む……それ自体は私も何度か見たことがありました。なんでも、魔除《よ》けになるのだそうですね。獅子舞に噛みついてもらうことで、魔を追い払う。だから獅子舞は縁起の良いものとされていて、祝い事のときに現れるのだと。

ただ、事態はそんな生易しいものではありませんでした。獅子舞は乱暴に身体を揺すり、猛獣が生餌《いきえ》に向かうがごとき勢いで、荒々しく女性の頭に喰《く》らいついていたのです。

薄明かりの中、地面は真っ赤なもので染まります。

頭だけではありません。腕も脚も胴体も、ことごとく獅子舞の口の中に呑《の》まれていきます。あっという間に女性は跡形もなく消え去って、ガチガチという不気味な歯の音だけが響きました。

そこで私は、奇妙なことに気がつきました。最初の悲鳴があがったあと、人々は騒ぐどころか逃げようともしないのです。まるで金縛りにでもあったかのように、立ったまま身動きひとつありません。

獅子舞は身体を激しく震わせ髪を大きく振り乱しながら、そんな人間たちを次々と食らっていきます。

私は惨劇に目を瞑《つぶ》りたくなりました。が、なぜかそれができません。私の身体も、固まったように動かないのです。

目の前の人々と同様に、助けを求める声もあげられなければ、その場から動くことさえできません。ただただ、あたりが真っ赤に染めあげられていくのを呆然《ぼうぜん》と眺め、夏風に乗って漂ってくる鉄の嫌な匂いを嗅《か》ぐばかりでした。

獅子舞の被り物の中には、ふつうは演者が入っているものです。ですが、その獅子舞は人とは思えないほどの跳躍を見せ、目にも留まらぬ速さで血飛沫《ちしぶき》をあげながら駆け抜けます。しかも、です。口の中に入ったものは下からこぼれ落ちてきそうですが、一向にそんな気配もないのです。

目の前にいる二本足の獅子舞は作り物のそれではなく、禍々《まがまが》しい生命を宿した化け物そのものなのだと悟りました。人智《じんち》を超えた現象に、もはや私は化け物に見つからないことだけを心底祈り、神様にひれ伏すような気持ちでした。

ついさっきまで人々がいた空間は、みるみるうちに人影ひとつ見当たらない寂寞《せきばく》とした光景へと変わり果てました。獅子舞は軽快なステップで赤い地面を舐《な》めて回り、最後の最後まで味わい尽くしているようです。

もし満足したならば、このままどこかに消えてくれ……。

私はひたすら願いました。

しかし、風に乗った匂いで勘づいたのでしょう、獅子舞はぎょろりと睨《にら》みを利かせると、あたりを執拗《しつよう》に嗅ぎはじめました。

見つかるのも時間の問題だ……。

そう覚悟したときでした。

突然、大勢の騒ぐ声がどこからか聞こえてきたのです。

その瞬間、私の身体は嘘《うそ》みたいに解き放たれて、自在に動くようになりました。声のほうを振り返ると、酔っ払いと思《おぼ》しき集団がこちらにやってきています。

こっちは危ない……。

叫ばなければと思い、再び獅子舞のほうに目をやった刹那《せつな》――私はあっと声をあげました。

獅子舞が、どさっとその場に崩れ落ちてしまったのです。まるで、中のものが一瞬にして消え失《う》せたかのようにです。残されたのは、ぺたんとなった被り物だけ。そしてそれは微動だにしないのです。

集団が近づいてきて、獅子舞の被り物を発見しました。私は呆然と見守っていました。彼らはなんだなんだといっそう騒ぎ、ひとりがそれを手にとります。若者は濃緑色を身に纏《まと》うと、真っ赤な顔をガチガチいわせて遊びだします。

いまに被り物が暴れだす……。

私は、いつでも逃げだせる態勢で見つめていました。が、何かが起こる気配はありません。酔っ払いたちはしばらく遊んでいましたが、やがて飽きたのか、ぽいっと放《ほう》りだしてどこかに行ってしまいました。

私はひとり、取り残された格好です。

そして、自分がひとりきりだと分かった途端——急に全身の毛が逆立ちました。すぐに台座から飛び降りて、私は屋台の灯《あか》りのほうに向かって無我夢中で駆けました。

そこから先は、よく覚えていません。

気がつくと私は家にいて、いつもの日常に戻っていたのです。

遅めの食卓についてからも、ついさっき目撃した光景が瞼《まぶた》の裏に焼き付いて離れませんでした。けれど、思い返すと夢を見ていたようでもあり、本当に自分の身に起こったことなのか、なんだか曖昧な気分になってきます。

親に言うことなど、考えもしませんでした。口にすることで、あの獅子舞がどこからともなくやってくるような気がしたのです。

ですがひとつだけ、後になって調べたことがあります。それは、あの祭りの日、獅子舞の中に入っていたのは——もし存在していたならば、ですが——いったい誰だったのかということです。

意外にも、身元はあっさり知れました。その人物は、祭りの日に行方不明になった人たちの名前の中に見つかりました。彼は近所に住む、ごく平凡な学生でした。素行も良く、獅子舞の演者のことも、祭りを盛りあげたいと自ら町内会に申し出て務めていたのだといいます。

ただ、気掛かりな話も耳にしました。彼は獅子舞の練習に打ちこみすぎてか、ときどき我を忘れて周りが止めても乱舞をやめないことがあったのだそうです。その様子は何かに憑《つ》かれでもしたかのようだったという話も聞きました。

私はこう思いました。彼は、獅子舞の獅子に憑かれたのではないだろうか、と。

獅子の起源は、インドにあるといわれています。そして一説には、かつて獅子はインドで人間を食らっていたのだとも。それが国を越えるうちに人間ではなく魔を食らうようになり、厄除《やくよ》けの役目を担うようになったのだそうです。

私は、こう考えるに至りました。獅子は魔を食らうようになってからも、密《ひそ》かに人に取り憑き人間を食らいつづけてきたのではないか、と。そして人の側は神様に捧《ささ》げる生贄《いけにえ》として、獅子の所業に見て見ぬふりをしてきたのではないか、と。

獅子に憑かれた学生は人間たちを食らったあと、きっと獅子によって天に攫《さら》われてしまったのだ……。

それが、筋の通る私なりの答えでした。

以来、私は祭りに行くことはなくなりました。いつあの獅子が演者に取り憑き、化け物に豹変《ひょうへん》するか分かったものではないからです。

——つまり、です。

私は、ずっと恐怖の届かぬところで安全な生活を送ってきたのです。

いいえ、きていたはずなのです。

ついこの間までは。

こうなることを、私は察するべきでした。妻が町内会の祭りに参加すると言ったときに、止めるべきだったのです。

妻が獅子舞の演者に名乗り出て、その練習をしていると知ってから、私は四六時中あのときの光景が頭をよぎり、獅子が妻に憑きにくるのではと気が気ではありません。始末し損ねた私を今度こそ食らってやろうと、きっとどこかで機会を窺《うかが》っているにちがいないのです。

その証拠に、妻は最近、肉ばかりを食べるようになりました。それを指摘すると、気のせいだなどと言うだけです。しかし、私は見てしまったのです。調理する前の血の滴《したた》る生肉を、おいしそうに食べている妻の姿を。

恐怖で不眠になるというのも、少しは分かっていただけるのではないでしょうか。いえ、じつは眠れない原因は、それだけではないのです。妻の癖も問題なのです。妻は元々、寝ている間に歯ぎしりをする癖を持っています。それがいま日増しにひどくなってきていて、耳に障って眠るどころではないのです。

私にはあれが、人間の出せる音を遥《はる》か超えているように思えてなりません。剝《む》きだしの巨大な歯を噛み合わせているかのような、そんな音を妻は寝室に響かせて、ぐっすり眠っています。

いつ本性を現し、食い殺されるか……。

妻の歯ぎしりを聞きながら、私は歯の根も合わず毎晩ベッドの隅でガチガチ震えているのです。

★指輪投げ

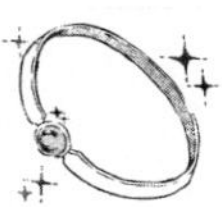

みすぼらしくて笑われるかもだけど、これはこれで、わたしは満足してる。じつはこれには不思議な経緯《けいい》があって。プロポーズされたあとに彼から聞いたんだけど、信じられないような話なの。でも、作り話にしてはできすぎてるから、たぶん本当なんだと思ってる。

そのお祭りに彼が足を運んだのは、とりたてて理由があったわけじゃなかったみたい。近くの神社を通りかかって賑《にぎ》やかな様子につられたとかで、ふらっとのぞいてみる気になったんだって言ってたわ。

神社に一歩足を踏み入れると、たくさんの人の華やかな声に包まれた。屋台がずらりと並んでいて、見ているだけで楽しい気分になったって。

広い神社を一周して、帰りかけたときだった。どうやら彼は、少し離れたところに妙な人だかりを見つけたらしいの。それがすごく気になる集団で。群がっていたのは子供じゃなくて、若い男性たちだったのよ。

「さぁさ、お次のお兄さん、どうぞ輪っかを手にとって。成功するかは、あなた次第。線の外から勝負の一投」

人だかりからそんな陽気な声が飛んできて、彼は誘われるように近づいた。身体《からだ》をくねらせ前のほうに出ていくと、おかしな光景が目に飛びこんできたらしいのよ。

「ああっ、惜しい！　残念無念、次は成功することを祈っています。さぁさ、お次のお兄さん。どれにするかをお決めになって」

輪っかを構える人を見て、行われているのは輪投げ……だと思ったって言ってたわ。でも、投げようとしている視線の先、的のほうに目をやって、彼は呆気《あっけ》にとられてしまった。

輪投げの的といえば、ふつうは棒が立っていたり、おもちゃや日用品が並べられてたりするものでしょう？　でもそこには、目を疑いたくなるようなものが並んでいたわけ。

何だと思う？

それはね、人間の指よ。たくさんの細い指たちが、地面に置かれてたらしいのよ。そして男の人は、その指に向かって輪っかを投げていたんだって言ってたわ。

「すみません、これはいったい……」

彼はたまらず横にいた人をつかまえて、説明を求めたらしくって。

するとこんな答えが返ってきた。

「初めての方ですね。ここはですね、指輪投げ屋なんですよ」

「指輪投げ？」

彼は混乱の中でつづけて言った。

「それじゃあ、あの指みたいなものたちは……」

「正真正銘の指ですよ」

さらりと言う男の人に、ぞっとしたって。

「あるんですよ。あれはすべて、女性の薬指なんです」

「まさか、そんなことが……」

「薬指……？」

「はい。それも、多少なりとも自分に好意を寄せてくれている人の薬指です」

「どうしてそんなものが……」

「あのどれかに輪っかを投げ入れるとするでしょう？　するとその指の持ち主である女性へのプロポーズが、百パーセント成功するんですよ」

「百パーセント!?」

「ええ、だからみんなが熱中する。あの人も、ほら」

視線の先では、ひとりの青年がキラキラ光る輪っかを構えてじっと的を狙っていた。

「足元の線から近いところに置かれている指ほど、より自分に好意を抱いてくれている女性のものです。逆に遠いと、ふつうにいけば望み薄。高嶺《たかね》の花にあたる人の指だという具合です。しかし、どこに置かれた指であろうと、輪っかを入れさえすればこちらのもの。必ず結婚にまでこぎつけられる。なので、どこに狙いをつけるかで、その人の性格もよく分かるものでしてね。堅実に近くの指に的を絞って投げる人から、遠くの指を執拗《しつよう》に狙う人まで、じつにいろんな人がいるんです。私のような野次馬は、それを見るのが楽しみで」

「ははあ……」

「ほら、ときどき、なんでこんな男にこんな美女が、という夫婦を目にすることがあるでしょう？　あれの多くは、この指輪投げ屋で遠くの的に投げ入れることに成功した人たちなんですよ。かくいう私も、その実例です。成功までに大金をつぎこんでしまいましたが、そのおかげで、素晴らしい妻を迎え入れることができました」

男の人は、笑ってたって。

「大金というと、そんなに何度も挑戦されたんですか……？」

「もちろんそれもありますが、何しろ一回あたりの金額が安いものではないんです。投げる輪っかは、あの中から自分で選んで購入するわけですが」

そちらを見ると、指輪をふた回りほど大きくした輪っかが、ガラスケースの中にいくつも陳列されていた。

「大きなダイヤのついている輪っかから、何もついていない輪っかまで、投げるものを自分でチョイスするんです。当然、ダイヤの大きな輪っかほど高価になります」

「ですが、たんに的に投げ入れるためだけのものなんでしょう？　でしたら、どれだって変わりなさそうな感じがしますけど……」

「いえいえ、それが大いに関係していましてね。みごと指に入った輪っかはみるみるうちに小さくなって、そのまま指輪になるんですよ。男の人は、それを持って女性のもとへと向かうわけです。それに、気持ちの問題もありますね。男なら、いいものを女性に贈りたいという思いは誰だって持っているものですから。ただし。高価なものを買って失敗すれば、当然すべてはパーです。そこに挑戦者の葛藤が生まれ、見るものをいっそう楽しませてくれる要素になるんです」

と、そのとき、じっと的に狙いを定めていた青年が、近くの指にえいやで輪っかを投げたって。

瞬間的に場は静まって、居合わせた人たちが輪っかの行方を目で追った。

「うわぁっ、惜しい！」

輪っかは指の先にはじかれて、虚《むな》しく地面に転がった。青年は叫び、観衆もいっせいに溜息《ためいき》をついた。

「おじさん、もう一回！」

青年はすぐさまそう申し出て、三カラットのダイヤのついた輪っかを手にしたそうよ。

「はじめてここに来る人の中には、こんなの倫理に反していると嫌悪感を示す人もいるんです」

隣の人は言葉をつづけた。

「夢中になるあまり大金をつぎこんで、破産する人もいるくらいですからねぇ。それに、正攻法でアタックしないなんて男として情けない。そう思う人もいるようです。しかし、成功すれば婚約確定ですよ？　この誘惑には勝てますまい」

彼は輪っかを持つ青年のことが、だんだん人ごととは思えなくなってきていた。それで自然と、手に汗握って応援してたらしいわね。

「そうそう、まれにカップルでこの店にやってきて、女性のほうが男をけしかけ勝負をさせることもありましてね。あれがわたしの指だから、絶対あれに輪っかを入れて、と、こう言うんです。ですが、そういうときに限って手元がくるって別の指にはまってしまう。つまり男性は、ちがう女性にプロポーズすることを余儀なくされる。なんて、そんな笑い話もありましてねぇ」

それは笑えないなぁと思ったそうよ。

そうこうしている間にも、青年は二投目の構えに入っていた。何度も手を動かしてイメージを固め、覚悟を決めて輪っかを宙へと放《ほう》り投げる——。

からん、と小さく音がして、輪っかはきれいに指にはまった。するとそれは途端に小さくなっていって、指にぴったりフィットした。立派な婚約指輪をはめた指を前にして、場は歓声に包まれたって。青年は、照れたようにそれに応えて頭を下げた。

「おめでとうございます、お兄さん！　さぁさ、すぐに彼女のもとへと駆けつけて！」

お店の人は指から輪っかを取り外すと、リングケースに入れて手渡した。

観衆から大喝采を浴びながら、青年はその場を去っていった。

その様子を見ているうちに、彼もなんだか挑戦したくなってきたらしくって。カード払いがＯＫなのを確認すると、列に並んだらしいのよ。

やがて順番が回ってくると、お店の人は一度ぜんぶ指を集めてうしろの箱にしまいこんだ。そして新たに彼専用の薬指を取りだして、少し離れたところに置いた。

「ほかの指は、どこですか……?」

彼は思わずそう尋ねてた。なにせ目の前に置かれた指は、一本だけしかなかったの。

「あいすみません、お兄さん。あいにく、お兄さんに好意を寄せる女性はこのお一人だけのようなのです」

笑いが起こって、恥ずかしかったって言ってたわね。

でも。彼はそれが誰の指かすぐに分かったから、周りは気にせず輪っかを指に入れることだけに集中したって。お金もないくせに、大ぶりのダイヤが輝く輪っかを手にとって、一世一代の勝負に出たというわけね。

ところがよ。哀《かな》しいかな、彼はあっさり失敗してしまうのよ。大金をはたいて買った輪っかは、残酷なことにお店の人にすぐに回収されてしまったの。

「残念でした、お兄さん!」

ひどく落胆したけれど、彼は自然とこう口にしてた。

「……もう一回だけ、お願いします」

預金残高を考えながら、絞るようにそう言ったって。今度は泣く泣く一番小さなダイヤのついた輪っかを買って、指に向かって狙いを定めた。

次の瞬間、観衆からは大きな悲鳴があがっていた。

「ああっ！　残念っ！」

ダイヤの輪っかはまたしても、指に入らず地面を転がってしまったの。

「……もう一回だけ！」

叫ぶ彼に、お店の人は声をかけた。

「お兄さん、そろそろ、およしになってはいかがでしょう」

「いえ、あと一回だけお願いします！」

破産、という言葉がよぎったけど、譲らず言ったらしいのよ。そして彼は、ダイヤなしの銀の輪っかを手にとった。

だけど、結果は散々。今度は変に力んで、かすりさえもしなかった。

それでも彼は食い下がった。

「おじさん、これより安い輪っかはないんですか⁉」

そこまで行くと、あとには引けなかったみたいで。ダメ元で、迫るように聞いたんだって。

するとお店の人は困った表情を浮かべながらも予期せぬ言葉を返してくれた。

「お兄さんさえよろしければ、こんなのがありますが……」

それはお世辞にも褒められた代物ではなかったけど、彼は迷わず購入した。そして輪っかを、必死の思いで宙に放った。

「わぁあっ！」

観衆の声があたりに大きく響き渡った。悲鳴ではなく、祝福の声が。みごとに入ったその輪っかは、あっという間に縮んでいって、きれいに指にフィットした。彼は無意識のうちにガッツポーズをしてたらしくて、観衆もそれに合わせて大いに沸《わ》いた。彼の周りに人がわぁっと集まってきて、胴上げまでしてもらったんだとか。

「お兄さん、おめでとうございます！」

お店の人は、ケースに入れた指輪を渡してくれた。

「さぁさ、早く彼女のもとへ！」

その足で、彼は急いで駆けつけた。ええ、わたしのところにね。

でも、彼にとっては満を持してのプロポーズだったんでしょうけど、わたしにとっては突然の告白なわけじゃない？　それなりに戸惑いはあったわよ。

だけど不思議な力が働いたのか、わたしはすぐに結論を出していた。あのときの彼のほっとした顔は、いまでも忘れられないわね。なにせ、大金をつぎこんで臨んだプロポーズだったんだからねぇ。

わたしが彼と婚約することになったのには、こういう経緯があるの。ふつうじゃちょっと考えられない話でしょ？

まあ、わたしにとっては一方的に結婚を決められたようなものなんだから、こんな話、べつに黙っておけばいいのにとも思わないでもないんだけどね。そこでしゃべってしまうのが、彼のいいところなのか、悪いところなのか。ただ、少なくともわたしは前向きに考えてるわ。

それで、そう、この指輪の話だったわよね。

本当なら、こんなものを渡されて、文句のひとつでもいいたいとこだと思う。でもまあ、彼の熱意に敬意を表して、わたしはこれで満足してあげることに決めたのよ。

聞いたことがないわよねぇ。婚約指輪が、おもちゃのゴムリングだなんて。

★

壺のツボ

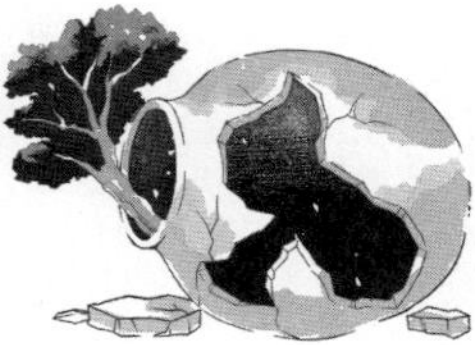

いや、買いかえたわけじゃなくて。新しくなったように見えるのも無理はないけど、さすがに同じものがそう簡単に手に入るわけがない。割れたものを修復してもらったんだ。

その方法が一風変わってて。我が目を疑う思いだったよ。

休みの日になると多魔坂《たまさか》神社に蚤《のみ》の市がたつのは、おまえも知ってるだろ。ブルーシートを広げた怪しげな店がいくつも並んで、それに惹《ひ》かれた人たちで昼間から神社は大賑《おおにぎ》わいだ。

うちの壺《つぼ》のことを友人に話したのには、特に深い理由はなかった。雑談程度の軽い気持ちで口にしてみたんだけど、おれの話を聞いたそいつは、にんまり笑って言ったんだ。そういうことなら、うってつけの場所があるって。それが多魔坂神社の蚤の市に店を出してる壺屋だった。

友人に連れられて、おれは桜の巨木の下に出ていたその店を訪れた。

なるほど、壺屋というだけあって、あたり一面が壺、壺、壺。見るからに歴史のありそうなくすんだ色をしたものから、新品であろう鮮やかな色の品まで、いろんな壺がぎっしり並べられていた。

「おっと、うかつに触れないほうが身のためだよ」

なんとなく、ひとつを手にとろうとしたおれに向かって友人は言った。

「中には弁償なんてできやしない、国宝級の代物も混ざってるって噂《うわさ》だから」

おれは慌てて手を引っこめた。

「そんな貴重なものが、なんでこんなところに……？」

「ここのご主人は、いいと思ったものは何だって手に入れてしまえる豊富な人脈を持ってるんだよ。それが世間的に価値があろうとなかろうと、何でもね。ねぇ、ご主人」

水を向けられて、シートの中央に座った老人が口を開いた。

「おっほっほ、はて、どうかなあ」

何ともつかみどころのなさそうな人物だと、おれは思った。

「ところでご主人、ちょっと、修復をお願いしたいものがあるんだけど」

友人は、おれを肘でつついて促した。

「えっと、はじめまして」

風呂敷をといて、おれは慎重に壺を取りだし老人に手渡した。

「これなんですが……」

「どれどれ」

老人は、しげしげと眺め入る。

「ほおお、ええ仕事がされとる壺じゃあなあ」

「ご主人のお眼鏡にかなうなんて、やるじゃないか。おれにはさっぱり良し悪《あ》しが分からんが」

おれは老人に説明した。

「うちの先祖が、むかし朝鮮半島から持ち帰ったものらしいんです。作者不詳の壺ですが、先祖代々、家宝として大事に大事に扱ってきました。ぼくも、この素晴らしい美人の色絵が気に入っているんです。なんですが……」

「ふむ、大きなヒビが入っておるなあ」

「そうなんです。位置を変えようと思って持ちあげた拍子に、うっかり倒してしまったんです……」

「ご主人、なんとかなりそうですか?」

　友人の言葉に、老人は深くうなずいた。

「無論、問題ないわい」

「ほんとですか！」

　おれは大きな声をあげていた。

「な、言っただろ？　ご主人は壺の修復師でもあるんだよ。ご主人の手にかかれば、修復できない壺はない」

「おっほっほ、それはちと言いすぎじゃよ」

　笑うご主人に、おれは尋ねる。

「それで、どれくらいの時間がかかるものなんでしょうか……」

「この程度じゃったら、そうだのお、三十分ほどもあれば大丈夫じゃろう」

「たったの三十分ですか⁉」

「もう少し早くすむかもしれん」

　鷹揚《おうよう》に構える老人が、なんとも頼もしく感じられた。

「でも、いったいどうやって……」

「それがこの店のおもしろいところなんだ。ねぇ、ご主人」

「おもしろいかは分からんが、たしかに変わったやり方ではあるかなあ」

首をかしげながら、おれは聞く。

「そのやり方というのは……？」

「まあ、ご主人がやるのを見てれば分かるよ。それじゃあ、さっそくお願いできますか？」

「ぼちぼち、はじめるかな」

老人はあぐらをかいて、壺を自分の前に引き寄せた。そうして懐をがさごそやって、何かを取りだし手に持った。それを見て、おれは思わず尋ねた。

「なんですか、それ？」

「いいから、見てなって」

笑う友人に、おれは黙って成り行きを見守ることにした。

老人は目を細めて、何かを探るように壺をくるくる回転させた。ぴたりと動きを止めたと思ったら、一点めがけて手にしたそれを突き刺した。またひとつ同じものを取りだして、老人は壺に刺していく。おれは思わずつぶやいた。

「まるで鍼《はり》治療みたいだなあ……」

老人の手にしていたもの。それは、紛《まご》う方なき鍼だったんだ。彼はそれを、人の身体《からだ》に打つように、次々と壺に刺していってたんだよ。

「ご名答。ご主人は、鍼で壺を修復してしまう人なんだ」

「なんだって？」

自分で言っておいて、おれは変な声をあげてしまった。

「鍼で、壺を……？」

「ご主人曰《いわ》く、壺にも人と同じようにツボというべきものがあるらしくてね。関連するツボを的確に鍼で刺激してやることで、壊れた壺を修復できるというわけなんだ」

「そんなことが……」

おれは二の句が継げなかった。

「ご主人は壺のツボを知り尽くしてる。この壺みたいにヒビの修復からはじまって、ほかにもいろんな仕事を請け負っているみたいでね。たとえば、年月を経てすっかり色褪《いろあ》せてしまった壺に鍼を打つとするだろ？　すると身体の血色がよくなっていくようにして、壺は元々の鮮明な色を取り戻すことができるんだ」

友人は言葉をつづける。

「それから、ご主人は割れてバラバラになってしまった壺まで修復してのけるんだから驚きだ。壺の破片を接着剤で仮止めしておいて、時間をかけて何度も何度も鍼を打つ。そのうち壺は息を吹き返し、折れた骨がくっつくみたいにやがて破片同士がつながりはじめる。ひと月もすれば、元の通りに戻ってしまうというわけだ」

おれの渡した壺からは、何本もの鍼が猫のヒゲのようにびろんと飛びだし揺れていた。老人は、それを引っこ抜いたり、また刺したりを繰り返した。

「だからここには、おまえみたいに壊れた壺を持ちこむ人があとを絶たなくてね。ほかにも、博物館の関係者も出入りしているらしくって」

「博物館？」

「乾山《けんざん》とか、仁清《にんせい》とか、それこそ国宝級の壺たちの修復を依頼しに、ね」

友人によると老人は、伝説の陶工、江坂遊衛門《えさかゆえもん》の「龍の碗《わん》」の修復を請け負ったこともあるらしかった。

蚤の市に店を出している人物が、そんな重要案件に関わっているとは……。在野の人とはこの人のことだと、おれは思った。

「さあ、終わったぞい」

気がつくと、老人が壺を差しだしていた。

おれはそうっとそれを受け取って、ぐるりと眺めた。ヒビ割れどころか、修復の痕跡さえも見当たらなかった。

「お見事、ご主人」

友人の言葉に我に返って、おれも慌ててお礼を言った。

「ありがとうございます。まさか鍼で壺が直ってしまうなんて思ってもみませんでしたよ……」

「おっほっほ、お安い御用じゃよ。何かあれば、また持ってくればええ」

いつまでも微笑《ほほえ》む老人に、おれは何度も頭を下げてその場をあとにした。


うちの壺には、そういう経緯《けいい》があるんだよ。ヒビ割れが元の通りに戻っただけでも驚きなのに、その方法が鍼だなんてなあ。

それから、さっき言ってたよな。壺が新品みたいに見えるって。じつはそれも施術の効果で。サービスで、褪せた壺の色まで元通り——作られた当時と同じ状態に戻してくれたんだ。壺屋のご主人の腕前には、本当に恐れ入るよ。

ちなみにこれは、ちょうど昨日の話でね。だから壺には、施術の効果がまだつづいてて。実際に見てもらえれば、この話の信憑《しんぴょう》性もだいぶ増すんじゃないかなあ。

ほら、壺に描かれた美人の絵。顔のところをよく見てみなよ。頬が赤く染まってるだろ？

どうやら施術のおかげで、彼女の血行もずいぶんよくなったらしくてね。

★ 人面屋

自分の顔がズラリと壁に掛けられているというのも、妙な気分だった。青白いライトに照らされて、それらはまるでお化けのように見える。人面屋は、客を相手に愛想笑いを浮かべている。

*

「型をいただくことはできませんか」

そう声をかけられたのは、ひと月ほど前のことだった。

型をとる。私は、何かのモデルの勧誘かと考えた。

「型ですか……?」

怪しげな男に警戒心を抱きつつも、私は話を聞いてみることにした。スカウトなどとは無縁の人生を送ってきたから、悪い気がしなかったのだ。

「お顔の型をいただきたいのです。もちろん謝礼はきちんとお支払いさせていただきますし、それほど時間もとらせませんので」

「顔って……私の顔のことですか？」

「ええ、そうです。じつはわたくし、縁日なぞでお面を売っている者でして。そのお面の型をいただきたいのですよ」

「はあ……」

お面の型……私は、自分なんかの顔でいいのだろうかと疑念を抱いた。

「そりゃもう、もちろん。ほかにはない、素晴らしいお顔の持ち主ですよ」

男は強調して言う。

「あなたのお顔は、まさしくお面にうってつけです。ぜひとも、お願いします」

「まあ、そこまでおっしゃるなら、別に構いやしませんが……」

「本当ですか。ありがとうございます」

男は深々と頭をさげると、地図の描かれた紙を取りだした。日付と時間を告げて、ここに来てほしいと口にする。

「分かりました。ですが、本当に私なんかでいいんですね？」

「いいのです。絶対に売れるお面を作ってみせますから、必ず来てくださいね」

男は何度も念を押しながら、うれしそうに去っていった。

私はそれを見送りながら、複雑な気持ちになっていた。もともと顔に自信があるならいざ知らず、まさか自分なんぞにこんな日が訪れるとは思ってもみなかった。夢ではなかろうかと、渡された紙を何度もたしかめる。

楽しみ半分、不安半分といった気分で、私はその日がくるのを待ちわびた。


指定された日、予定よりも少し早めに家を出た。

たどりついたのは、何の変哲もない雑居ビルの一室だった。チャイムを押すと、男がドアから顔をだして言った。

「ようこそ、いらっしゃいました。さあさ、こちらへ」

通された部屋には、医療機器のようなものが揃《そろ》えられていた。お面屋にしては変なものが置かれているなぁと思ったけれど、深く尋ねることはしなかった。

「さて、さっそくはじめさせていただきますね。腕をだしてくださいますか」

「腕ですか？」

「ええ、お面作りに必要なのです」

「ですが、顔の型をとるのが目的なんでしょう？」

不審に思って、私は聞いた。てっきり顔パックのようなものをして、型をとりでもするのだろうと思っていたのだ。

「なるほど、どうやら勘違いをなさっているようですね。私は型をとらせていただきたいのではなく、型そのものを頂戴したいのですよ。つまりは採血し、ＤＮＡの情報をいただきたいのです」

「採血？　ＤＮＡ？　どういうことでしょう……」

「それがお面を作るために必要なのです」

「ＤＮＡが？」

「その情報から、あなたのお顔を再現するのです」

「再現ですって⁉」

「はい。もっと詳しく申しあげると、ＤＮＡからお顔の表皮のクローンを作り、それをお面に仕上げるというわけなのです。私は普通のお面を売っているお面屋ではなく、人の顔を売っている、人面屋とでも呼ぶべきたぐいの者でして」

あまりのことに、私は言葉を失った。そんなばかなことが、あってたまるか……。

そう思ったときだった。男が壁際に歩いていって、大きな戸棚を開け放った。

それを見て、ひぃっ、と反射的に声がでた。

「仕上がりのサンプルは、このような感じです」

　そこには、顔、顔、顔……どれもまったく同じ顔が、屋台で見かけるお面のようにぎっしりと壁に掛けられていたのだった。男はひとつを手にとって、自分の顔へと持っていく。それは顔に貼りついて、男はたちまち別人のような人相になってしまった。

「こうやって、パックのようにお面を顔につけるのです。するとお面はその人の骨格に合わせて変形して、ぴったり貼りつく。いちど定着しさえすれば、ふつうの日常生活を送ることに何ら支障はありません。もしお面に飽きたなら、自分で瞬時に剝《は》がすことも可能です。最先端の変装マスクのようなものと、お考えください」

「人の顔になりすましたりして、そんなこと、いったい何の意味があって……」

　男のいう『人面』の存在は、なんとか理解をした。けれど、そこがよく分からなかったのだ。

「羨望《せんぼう》、嫉妬《しっと》、逃避、愛憎……動機は人それぞれですが、変身願望というものは、誰でも心の奥底に秘めているものです。ですから様々な手段を講じて、その欲望を満たそうとする。そもそもお面というものは、そのニーズに応えるために生みだされた、人類が誇るべき発明品なのです。そしてこの人面は、お面の究極形態なのですよ」

　私は黙って話に耳を傾けた。

「もちろん、単に見てくれが変わるだけと思われては困ります。この人面には、大いに意味がありましてね。外見が変わると、自然とその人物の中身までもが変わってしまうものなのですよ。そういうわけで、自分を変えたいと望むあらゆる方が、このお面を求めてうちの店にやってくるのです」

男は、また別の戸棚の扉を開けた。

「あっ……」

そこに掛けられてあったのは、テレビで見慣れた顔だった。

「ほら、ときどき芸能人に何となく顔が似ているなんて人がいるでしょう？　ああいった人のなかには、うちの人面をかぶっている人が多く混じっていましてね。さすがに、ある日を境にとつぜん顔が変わってしまうと周囲に怪しまれてしまいますが、学校にあがったり、就職したり、人生の節目節目——人間関係がガラリと変わるタイミングで、人は別人に変わりたがるのです」

私は、これまで付き合いのあった人たちの顔を思い浮かべた。たしかに思い返すと、どことなく芸能人に似ているなぁと感じた人が何人かいる。

ところで、と男は言った。

「お面というのは、時代を反映するものでしてねぇ。ほら、普通のお面の屋台でも、旬のキャラクターものが前面に並んでいたりするものでしょう？　じつに流行《はや》り廃《すた》りが激しい業界なのですよ。それは人面においても同じことが言えますから、この職業につく者は、常に世の中の流れにアンテナを張っていなければならないのです」

「なかなか大変そうですね……」

私は同情の言葉を口にする。

「まあ、大変ですよ」

わざとらしく肩をすくめながら、男はつづける。

「さて、どうでしょう。趣旨を分かっていただけましたでしょうか。大丈夫なようでしたら、すぐにでも採血に入らせていただきたいのですが」

私は頭を悩ませた。もっとお遊びの延長の、軽い仕事を請け負ったつもりだったのに、こんなにもシリアスな話になろうとは……。

「お引き受けいただけるならば、これくらいはお支払いさせていただきます」

最後は金額に背中を押されて、損することもないしなぁと、私はとうとう首を縦に振ったのだった。

屋台の裏からこっそりのぞき見ていると、私の顔を手にする客の多さに驚いた。内心では、こんなものが売れるのだろうかと疑ってかかっていたのだが、ウソのように売れていく。店を訪れるのは子供から大人まで様々だったが、私の顔を買っていくのは同年代の男性がいちばん多いようだった。

二時間もたたないうちに、私の顔は完売した。人面屋は店を閉めると、こちらに寄ってきてニヤリと笑った。

「言ったとおりだったでしょう？　私の狙いは当たったわけです。約束どおり、売上に比例した、しかるべき謝礼を追加でお支払いさせていただきますよ」

「しかし、おもしろいように儲《もう》かるお仕事なんですねぇ……」

私は男がうらやましくてならなかった。他人の顔を培養して並べるだけで、どんどんお金が入ってくる。夢のような仕事だなぁと思ったのだった。

「まあ、お金に関しては、おっしゃることを否定はしません。現に私は、これで食っているわけですからね」

＊

ですが、と、男は打って無表情になり、つづけた。

「その一方で、つまらない商売でもありますよ。先日も申しましたが、流行り廃りを追いかけて、常に人様の顔色をうかがいながら生活していなければ、つづけていけない仕事なのですから。ときどき、それが虚《むな》しくなることもありますね」

「そういうものですか」

私は適当に相槌《あいづち》を打つ。

「流行というのは、本当に時の流れで百八十度変わってしまうものでしてねぇ。ひと昔前までは、華やかな芸能人の顔に憧れをもつ人が多かったので、そういった人面を作るべく、業界の派手な人とばかり仕事をする毎日でした。それがいまや、すっかり時代が変わってしまった」

「いまは、どんな人が主流なんですか?」

興味本位で尋ねてみる。

「ひとことで言えば、人の目を避けて、悪目立ちしないようにひっそりと生きたがる人が多くなっていますねぇ。誰もかれもが責任を押しつけあって、決して先頭に立とうとしない。じつに、おもしろくない世の中になったものですよ」

だからなのです、と男は言った。

「だから、あなたのような顔が飛ぶように売れているというわけなのです。いかにも責任感のなさそうな、無気力なだけが特徴の人面が……」

★

九須

「一、二、三……」

おれが思わず数をかぞえはじめると、友人はすかさず言った。

「九だよ」

彼は笑いながら口にした。「全部で九つあるんだよ」

「九！」

おれは大きな声をあげていた。

「そんなにたくさん、どうして……」

「理由は、これがキュウスだからさ」

「いや、ぜんぜん理由になってないから」

「それが、ちがうんだなあ。キュウスと言っても、いわゆるアレとはちがっていてね。漢字ちがいのキュウスなんだよ」

「漢字ちがい……？」

「キュウスはキュウスなんだけど、急ぐほうの『急』じゃなくて、九つの『九』という字を書く。これは注《つ》ぎ口が九つある、『九須』という代物なんだ」

「九須……なるほどそれで……」

頭をフル回転させて、なんとか事情を理解する。


——蚤《のみ》の市でおもしろいものを見つけてきてね——


そう言って、おもむろに友人が台所から持ってきたもの。それが、目の前にある奇妙な急須だった。

大雑把な見方をすれば急須の形はしていたものの、注ぎ口のたくさんついた異形《いぎょう》の品に、首をかしげざるを得なかった。その謎が、いま少しだけ解けたのだった。

「でも、なんで九つも注ぎ口がついてるんだよ」

おれは素直にそう聞いた。当て字にかこつけたオモシロ商品なのかもしれないが、たくさんある注ぎ口の必要性をまったく見いだせなかったのだ。

「もちろん、ただ多いだけじゃあない」

友人は意味ありげに微笑《ほほえ》んだ。

「じつは、どの注ぎ口を使うかで、お茶の味が変わるんだ」

「変わる？　味が？」

「そう、これを使えば、九種類のお茶の味を楽しめるんだよ。煎茶、玉露、番茶、抹茶、ほうじ茶、玄米茶、烏龍《ウーロン》茶、紅茶、ジャスミン茶……てな具合でね」

まさか、と、おれは耳を疑った。

しかし次の瞬間、頭の中にひとつの考えが浮かんでいた。

「なるほど、この九須とやらには仕掛けがあって、中にいろんな茶葉を入れられるようになってるんだな」

合点がいって、ひとり勝手にうなずいた。

ところが友人は、大きく首を横に振った。

「それが、そうじゃないから、おもしろいんだ」

「そうじゃない……？」

「中には何にも入ってないんだ。もっと言えば、この九須には茶葉すら必要なくってね」

友人の言葉は、まったくもって意味不明だった。

おれは困惑しながら彼に聞く。

「それじゃあ、どうやってお茶が出るっていうんだよ……」

「必要なのは、お湯だけだ」

「は？」

「お湯さえあれば十分なんだ、九須の場合は。ここにある注ぎ口を通過すれば、お湯は勝手にお茶に変化してくれるのさ」

ぽかんとしているおれに向かって、彼は平然と告げた。

「ま、怪奇現象みたいなものかなあ」

おれは狼狽《ろうばい》するばかりだった。

「そんなむちゃくちゃな……」

「まあまあ、焦らず落ち着いて。じつはそんな妙な現象が起こるのにも、それなりの経緯《けいい》というものがあってだな」

「だったら先に教えてくれよ。これじゃあ、ぜんぜん意味が分からない」

「ははは、ごめんごめん。この九須はね、もとは狐《きつね》だったんだ」

「は？」

唐突な話の連続に、おれはついていくのでやっとだった。

「これは骨董品《こっとうひん》屋の店主の受け売りなんだけど」

友人はそう補足してから語りはじめた。

「ずいぶん古い話でね。その昔、とある村で悪事を働く一匹の狐がいたらしいんだ。いろんなものに化けては人間をだまくらかして、村の人たちを大いに困らせていたらしくって。そこに現れたのが、通りがかりの妖術使いの男でね。男は狐に勝負を挑んだ。どちらがうまく化けられるかっていう。戦いは三日三晩に及んだところで狐がついに力尽きた。化けたものから身体《からだ》を元に戻せなくなってしまったんだ。最後に両者が化けたもの、それが急須だったんだよ」

不思議な話にすっかり混乱しながらも、おれはなんとか口にした。

「信じがたい話だけど……まあ、狐が急須に化けたって話はいちおう理解した」

でも、と、おれはつづける。

「注ぎ口がたくさんあるのはどうしてなんだ？　狐が化けそこなったとでも……？」

「これは、その狐の特徴とも関係していることなんだ。妖術使いが戦った狐はね、尻尾を九つ持っている妖狐《ようこ》、九尾《きゆうび》の狐だったんだ。だから尻尾の数だけ注ぎ口ができてしまったというわけさ」

「なるほど、それで……」

「以来これは『九須』と名づけられて、時代をこえて多くの人たちに愛《め》でられてきたらしい。この奇妙な形を眺めるという楽しみ方もあったけど、九須には狐の妖力が残っていた。つまるところ、九須はお湯をお茶に変えてしまう不思議な力を持っていたものだから、ずいぶんおもしろがられたみたいでね。そうして一番最近の持ち主がついこのあいだ亡くなって、それを骨董品屋が手に入れて、次に手にしたのがおれだったという話なんだ」

「うーん……」

おれは唸《うな》り声をあげていた。

「……それじゃあ、これで注がれたお茶を飲むというのは、狐に化かされてるってことと変わりないわけか……」

そう考えると、あまりいい気持ちはしなかった。

「ものは考えようだよ。いいほうに化かされるのなら、それに乗っかったっていいじゃないか」

まあ、それもそうかなぁと思いなおす。

友人は言う。

「ちなみに九須の力は放《ほう》っておくと、だんだん弱くなってしまうんだ。出てくるお茶が、二番煎じ、三番煎じとなっていくみたいに、だんだん薄くなるんだよ」

「ダメじゃないか」

「大丈夫、その解決策も授かってきた。お茶が薄くなってきたら、油揚げを九須の中に入れるように言われてね。そのまま放置しておくと、そのうち油揚げはすっかり消えてなくなるそうだ。九須となった狐が平らげて、妖力が回復するということらしい」

「ははあ……」

稲荷寿司《いなりずし》をお供えするのもよさそうだなぁ。そんな考えが頭をよぎった。

おれは次第に、九須で入れたお茶というのを味わってみたくなってきた。

「飲ませてくれよ、そのお茶を」

「もちろん、最初からそのつもりだよ」

そう言うと、友人は台所からヤカンを持って戻ってきた。九須のフタを開けると、言っていたとおり、ただのお湯を注ぎはじめる。湯気がむんと立ちのぼる。

「さあ、何の味にする？」

逡巡《しゅんじゅん》してから、おれは答えた。

「じゃあ、ほうじ茶でもいただこうかな」

「それなら五番目の注ぎ口だな」

友人は九須をゆっくりかたむけて、湯呑《ゆのみ》にちょろちょろ注いでいく。

「ほんとに色が変わってる……」

話に聞いていたとおり、お湯は見事な茶色に変化していた。おれはただただ呆然《ぼうぜん》と、お茶の香りを吸いこんだ。

「さあ、飲んでみなよ。本物のほうじ茶とおんなじだから」

自信ありげに彼は言う。

と、そのときだった。おれは湯呑の中にあるものを見つけて、声をあげた。

「おっ、運がいい。ほら、茶柱だよ」

湯呑の中に、一本の細いものがぷかぷか浮かんでいたのだった。

「ああ、それか」

友人はなぜだか笑いながら口を開いた。

「それはね、残念ながら茶柱じゃなくて。九須に特有の現象というか、ときどきお茶に混じることがあるんだよ」

「混じるって……?」

尋ねるおれに、彼は言う。

「ほら、黄金色をしてるだろ。それは狐の抜け毛でね」

★夕焼き屋

夕陽《ゆうひ》が沈みはじめると、いつしか多魔坂《たまさか》神社の一角に、とある店が現れる。

夕焼き屋、と書かれたその店の前には、長い列がつづいている。

「おじさん、夕焼きひとつ」

先頭に並んだ青年が言った。

「あいよ！」

と店主が言いかけて、慌てて言葉を訂正する。

「わわ、すいません、お客さん。ちょっとだけお待ちいただけますか？　ちょうど売り切れてしまって……いまからすぐに焼きますので！」

「どれくらいかかりそうです？」

「五分ほどかと……」

「それじゃあ、待ちます」

「ありがとうございます！　その代わり、焼きたてをご用意できますので！」

屋台には、くぼみのある大判焼きの鉄板のようなものが据えられている。

店主はボウルに白い粉をどっさり出して、牛乳や卵液などをそそぎいれた。泡立て器でかきまぜたあと、オレンジ色の粉を振りかける。シャカシャカと音が繰り返されて、焼き器に生地が流しこまれる。鉄板の上部が閉じられて、じゅわっとかすかに音がした。

やがて鉄板が持ちあげられると、鮮烈なまでのオレンジ色が、あたりにわっと広がった。そのひとつを紙で包み、店主は青年へと差しだした。

「お待たせしました！」

青年の顔は、隣に寄りそう女性と一緒に見事なオレンジ色に染めあげられた。

「これが噂《うわさ》の夕焼きかぁ……」

青年は、目の前のものに見とれて言った。

「すっごいきれい……」

寄りそう女性も合わせてつぶやく。

「うちの自慢の一品です。ぜひ温かいうちに、ご鑑賞ください！」

男女はうっとり見入りながら、寄りそったまま去っていく。

次に列の先頭に立ったのは、ひとりの若い女性だった。

「あの、同じものを、わたしもひとつ……」

女性は心なしか沈んだ表情を浮かべている。

「お客さん、あんまり元気がないようですが……」

心配になった店主は、思わず立ち入ったことを尋ねてしまった。女性は答えず、黙りこむ。

気まずい沈黙のあと、彼女はぽつりと言葉をこぼした。

「……いやなことがあったんです」

店主は小さくうなずいた。

「すごく悲しい気持ちになるようなことです。このお店に来れば、気分が変わると人から聞いて……」

すがるような瞳の女性に、店主は言った。

「なるほど、いろいろと訳ありのようですね。お役に立てるかは分かりませんが……」

店主はひとつを手渡した。包み紙から光がもれて、丸いそれの下半分は行燈《あんどん》のようになっている。

「あの、この夕焼きって、いったい何なんですか……?」

女性は遠慮がちに店主に尋ねた。

店主は、にっこり微笑《ほほえ》んだ。

「夕陽を焼いた焼き菓子です。それで、夕焼き、というんです」

「夕陽を？　焼く？」

「はい、それが私ども夕焼き屋の仕事なんです。ちなみに夕焼きには、生地のほかにもうひとつ、とても重要な材料がありましてね。夕焼きを作るためには、絶対に欠かせないものです」

「それは、いったい……」

「夕陽の粉、夕陽粉です」

女性は目を見開いた。

「夕陽の粉……？」

「夕陽の光の中の、オレンジ色の輝きだけを抽出して粉末状にしたものです。私ども夕焼き屋は、いかに質の高い夕陽粉を手に入れられるかが勝負でしてね。命の次に大事なものとして、同業者のあいだでも店で使う夕陽粉の採集地は秘密にされているくらいなんです。その粉を生地に練りこんで焼けば、あふれんばかりのオレンジ色に光り輝く、夕焼きの完成というわけです」

「そんなことが……」

女性は呆然《ぼうぜん》とするばかりだった。

店主は遠くを見やって話をつづける。

「夕陽というのは、人の心が投影されるものでしてねぇ。熱い想いを抱く人が眺めると、いっそう気持ちが燃えあがったり、故郷への思いを抱えた人が眺めると、ノスタルジーに駆られたりするものです。お客さんは、傷心でいらっしゃる。ですから、夕焼きを眺めると一時的に心の傷が深まってしまうやもしれません。ですが、そのあとには、きっと気持ちに変化が現れることを保証します。もちろん、よい方向に、です」

女性はこくんとうなずいた。その目には、先ほどにはなかった生気が宿っている。

女性は輝く夕焼きを手に持って、店を離れた。そのうしろ姿を見守ってから、店主は次の客へと顔を向ける——。

夕焼き屋には、続々と人が押し寄せた。そして買い求めた品を持ち、あちらこちらに散っていく。

神社の石段に腰かけて夕焼きを眺めている人たち。生垣の前に立ち尽くす人たち。カップルは肩を寄せあって、夕暮れのムードに浸りきる。ひとりの人も、思い思いに眺め入る。小さなオレンジ色をした円が、いくつもいくつも神社の境内に散らばっている――。

次に店に現れたのは、小さな男の子と女の子だった。

「うわあ……」

男の子が、つま先立ちで焼き器の中をのぞきこむ。

「ちょっと、見てみなよ、チエちゃん」

「なになに？　うわあ！」

二人はそろって、食い入るようにそれを見つめた。

「買ってくかい？」

店主に言われて、男の子は我に返る。

すぐに首を縦に振って、ポケットから小銭を取りだし元気に言った。

「うん、ちょうだい！」

女の子は好奇心いっぱいの目で店主に尋ねた。

「ねぇ、これって、いったい何なの？」

「夕焼きと言って、夕陽を焼いたものでねぇ。夕焼きは、人の思いが映しだされるお菓子だよ」

「人の思い……でも、なんでこんなに光ってるの？」

「夕陽だからさ」

「へぇぇ……」

分かるような分からないような店主の言葉に、二人は感嘆の声を同時にあげる。オレンジ色の光を受けとると、はにかみながらお礼の言葉を口にした。

「おじちゃん、ありがとう！」

駆けだした男の子のあとを、女の子が黄色い声をあげながら追う。

二人は並んで、石段の端っこにちょこんと座った。包み紙から不思議な夕陽を取りだすと、すっかりそれに見入ってしまう。

「きれいだねぇ……」

「ねぇ……」

夕焼きはぽかぽかと温かく、光の消え去る気配は感じられない。

と、男の子が急に声をあげた。

「チエちゃん、ここ、何かついてる」

指差したのは、夕焼きの下のほうだった。そこに、小さな黒いものがついていた。

「ゴミかなぁ?」

そうつぶやいて手で払ったが、黒いものは落ちなかった。

「待って、これ、人じゃない？」

女の子が弾んだ声で口にした。

「人……？」

「ねぇ、やっぱり人よ、人影よ！　すわる影！」

最初は怪訝《けげん》そうにしていた男の子も、しだいに目を見開いていった。

見れば見るほど、それは夕陽に浮かんだ人影に思えてきた。くっきりと刻まれた黒いものは、少し距離をとって座っている小さな子供たちの影にちがいなかった。

「なんだか、ぼくらみたいだねぇ……」

ぽつんと男の子がつぶやいた。そのシルエットは、たしかに彼らによく似ていた。

「あっ！」

と、男の子が唐突に叫んだ。

「チエちゃん、ねぇ、ほら、真ん中のところ！　粒みたいなのが動いてる！」

男の子の目には、別の黒いものが映っていた。少しずつ、それは大きくなっていく。

何かの影が、奥のほうから迫ってきているように見えた。

そのとき、カァ、という声が耳に届いた。

「カラスだ！」

黒い影は優雅に羽ばたき、オレンジの中をやってくる。

「チエちゃん、カラスだよ！　ぼく、いまカラスが飛んでたらなぁって思ってたんだ！」

影は大きく右のほうへと旋回した。やがてそのまま、夕陽の外へと飛んでいく。

カラスが去ってしまってからも、二人の目には、しばらく残像が映っていた。

時間の流れることも忘れて、二人は夕焼きを眺めつづける。

突然、こんどは女の子が「あっ！」と大きな声をあげた。

「ねぇ、見て、さっきの影！」

男の子は、女の子の指の先へと目をやって、同じく叫ぶ。

「あっ！」

二人は夕陽に映える二つの影に目を奪われた。先ほどまで距離をとっていたその人影は、いつの間にかあいだを詰めて、いまや手と手をつなぎ合わせているように見受けられる。

どうして影の形が変わったんだろう……。

そう思った瞬間のことだった。頭の中に、夕焼き屋の声がこだました。

――夕焼きは、人の思いが映しだされるお菓子だよ――

同時に悟って、互いにパッと顔を見る。

そして影に遅れること少々、恥ずかしそうにゆっくり手と手をとりあう二人。

★さくら隠し

飛び跳ねるうさぎのような躍動感を持ったピンクの提灯《ちょうちん》が道端にいくつも浮かんでいて、宵闇の道路をぼんやりと縁取っている。

その躍動に誘われた先に、さくらの名所、多魔坂《たまさか》神社はあった。

石段をのぼると、ざわめきに満ちた夜が開けていた。

ソースの香りに顔を向けると、手ぬぐいを巻いた女性が威勢の良い声をあげている。

ジュッと水を注ぐ音。立ちのぼる湯気。その反対側には、海鮮焼きの屋台が光る。

視線をあげるとライトアップされたさくらが可憐《かれん》に咲き誇っていて、花びらを少しずつこぼしている。空の青さがない分だけ、その木はいっそう高さを感じさせる。

袋を持った子供たちが駆けていった。小さなその影たちは、散り吹雪《ふぶ》く花びらをつかまえようと躍起になって走っている。たくさんさくらをつかまえたと自慢する子の声が耳に届いて、自然と笑みがこぼれた。

ブルーシートが、遠くのほうまで伸びている。

花火はあがらない。だから、いつ終わるともなく宴《うたげ》はつづく。

私はひとり、参道の端に腰をおろして酒を呷《あお》った。酒とさくらに酔いしれていると、酔漢《すいかん》になってしまうのも時間の問題だなと思った。

ふと横を見ると、徳利《とっくり》のままぐびぐびと豪快に酒を呷る初老の男の姿があった。口元からうまそうに酒が垂れ落ちる。

祭りの夜は、みなが饒舌《じょうぜつ》になる。私も、その例外ではなかった。

「おひとりですか？」

思い切って尋ねてみると、男は軽くうなずいた。

「ええ、ひとりです」

そしてまた、酒をぐいと呷ってつづけた。

「なにせ私は、すべてを失ってしまった身ですからねぇ……」

そうぽつりとつぶやいて、男は何かを偲《しの》ぶような瞳になった。

私は聞いてはいけないことを聞いてしまったにちがいないと、いっぺんに酔いが醒《さ》めていく思いだった。

「すみません、つまらないことを聞いてしまったようで……」

「いいえ、いいんです。そんなことより、どうですか、一献《いっこん》。うまいですよぉ」

男は、手に持った徳利を差しだした。

「これはこれは、どうも……ほぉ」

「どうです、うまいでしょう？」

「ええ、いい酒ですねぇ」

「それほどでもないんですがね。祭りの空気が、酒をうまくさせるんでしょう。そうだ、残ったやつは、あなたに差しあげますよ」

「これ全部ですか？　えっと、いいんですか……？」

「私はもう、十分飲みましたからね。受け取ってやってください」

「そうですか……では、遠慮なく」

私はぐいっと、ひとくち含む。

しばしの沈黙のあと、男は、おもむろに口を開いた。

「ところで、さっき私が言った、すべてを失った身だという話なんですが」

「失礼なことを聞いてしまいました……」

「謝ることはありません。それなんですがね、酒のつまみにふさわしいものでは決してないと思いますが、同じ酒をともにしたあなたに、ぜひ聞いていただきたいんですよ。少し重い話にはなってしまいますけれど、もしよろしければ」

「……私でよければ」

祭りの夜は饒舌になる。男も、その例外ではないようだった。

男はひとつ間をおいてから話しはじめた。

「私は、数々の大切なものを失ってきた人間なんです。はじめは、母親でした」

さくらが、男の肩にゆっくりゆっくり降りてくる。

「小さいころ……私は母親と弟と、三人暮らしをしていました。

花も盛りの、ある春の日のことでした。誰が言いだしたのか、ふと、家族三人で花見に行こうということになったんです。私たちの住む家の近所には花見にふさわしい場所がありませんでしたから、弁当を持って遠出をしようということになりまして。花見なんて、私も弟も、記憶も定かでないほど幼いころに一度行ったことがあるきりで、それも母親から行ったと聞かされていただけのことでしたので、大いにはしゃぎましたよ。

ほとんど初体験と言ってもいい花見は、感動に満ち満ちたものになりました。

ざぁっと枝がしなったかと思うと、私たちを包みこむようにして、さくらは激しく吹雪きます。私も母も弟も言葉を失い、呆然《ぼうぜん》とその光景を見守りました。さくらは、人に生まれつき備わっている感覚といいますか、そういう心の核のようなものを刺激する力を持っているのだと実感したものです。自然の良さを味わうのに大人も子供も関係ないんだなぁと、いまになって思いますね。

と、母親がようやく一言『きれいだねぇ』と言った、そのときでした。大量の花びらが、とつぜん、母親の周りで吹き荒れはじめたんです。花びらを纏《まと》ってゆくその姿はそれはそれは美しく、私も弟も、開いた口を閉じることができませんでした。

しかしそれが、母親の姿を見る最後となるとは、つゆほども想像していませんでした。花びらに巻かれてその姿が完全に見えなくなったと思った刹那《せつな》、さくら吹雪は嘘《うそ》のようにさっと止《や》みました。はらはらと花びらが地面に落ちると、そこにはもう、何の影も見当たらなかったんですよ。私は目を疑いました。まるで手品師の手にかかったかのごとく、母親は跡かたもなく消え去っていたんです。

周りは、宴会をする人たちでごった返しています。

私は何だかとんでもなく恐ろしくなって、人混みをかき分け、必死にお母さんお母さんと叫んであたりを走り回りました。その一方で弟は、そんな私の姿を見て怪訝《けげん》そうな表情を浮かべているだけです。

いくら探しても母親の姿は見つからず、半べそをかいて立ち尽くしていると、男の人がこちらに近づいてくるのが見えました。私はその人に助けを求めようと駆け寄りました。が、その人は私に向かって穏やかにひとこと、こう言ったんです。『さあ、帰るよ』と。

私は、ぽかんとしてしまいました。その人は昔から私を見知っていたかのように、いやに親しげに話しかけてきます。母親からは、知らない人にはついていってはいけないと常々言い聞かされていましたから、差しだしてくる手を払いのけ、もちろん私は後ずさりました。……なのですが、驚くべきことに、弟は一切の躊躇《ちゅうちょ》なく、そちらに寄っていくではありませんか。私はなんだか狐《きつね》につままれたようになり、わけが分からなくなってしまいました。混乱の渦の中、私はその人物と弟の二人から、何やかやと説得されました。そしてとうとう言いくるめられて、二人に手を引かれながらその場をあとにしたんです。

連れていかれたのは住んでいた家ではなく、孤児の施設でした。

私はそこで母親の存在を、それから先ほど見た光景のことを、かたくなに主張しました。さくらに巻かれるようにして、母親は目の前から忽然《こつぜん》と消えてしまったのだと。きっとまだ神社にいるはずだから、探しにいかなければと。

周りの大人の人たちは、はじめのほうこそ私に話を合わせてくれていましたが、根本ではまったく信じてくれてはいませんでした。べつだん焦ることなく私の話を聞き終えると、うんうんと優しくうなずき、こう言ったんです。大丈夫、お母さんは天国で幸せに暮らしているんだよ、と。あなたは、もうずっとここで弟と生活しているでしょう、と。

私は絶句してしまいました。何しろほんの少し前まで、自分はたしかに母親と一緒にいたんです。粗末ではありましたが温《ぬく》もりのある家に帰り、三人でテレビを見ながら食事をする。そんないつもと変わらない日常の中に、ほんのつい先ほどまで、身を置いていたはずなんです。

しかし、いくら力説したところで、すべては徒労に終わるだけでした。大人たちは最後まで信じてくれず、頼みの綱《つな》だった弟に同意を求めてみても、彼も同じく首を横に振るばかりです。母親は、あろうことか弟の頭の中からも消え去ってしまっていたんです。

幼い私にはそれ以上どうすることもできず、そうして私は施設で生活することを余儀なくされました。

これが、はじめて大切な人を失ったときの話です」

私は、遠慮をしながら尋ねていた。

「はじめてということは、その神隠し、いえ、さくら隠しとでも言いますか、それと同じようなことを何度も経験するんですか……？」

「ええ。その施設のイベントのひとつに、みんなで花見に行くというものがあったんですが、ことは翌年の春に起こりました。あとから聞いた話によると、母親が消えたあの日も、そのイベントで花見に行っていたということになっていたんですが、翌年の花見の最中に、今度は弟が消えました。母親と同じようにして」

「同じように？」

「ほんの一瞬の出来事だったんです。さくら吹雪の中に溶けこむように、弟は何の形跡も残さず消え去りました。もちろんそのときも、私は弟の存在を大人たちに主張して譲りませんでしたよ。ですが、信じてくれやしませんでした。そしてそれ以降、私は兄弟のないひとりっ子だという設定のもとで今まで生きてきたんです」

男は翳《かげ》を宿した表情で言う。

「そこまでくると、私は幼いながらも薄々感じるものがありました。人が消えてしまう原因は、自分と一緒に花見に行くことにあるのだろうと。私は、もしかすると父親も同じようにして消えてしまったのではないかと思いました。むかし母親が言ってましたからね。以前に一度だけ、花見に行ったことがあるのだと。

ですから私は、それからはどんなに人から誘われても、さくらを大切な誰かと一緒に愛《め》でることだけは避けてきました。

年月は流れて、話は学生時代まで飛びます。

私はどうにか働きながら学費を捻出《ねんしゅつ》して、大学に通って勉学に励んでいました。奨学金制度も利用しながら、なんとか普通の暮らしを手に入れることができていました。

そう、人並みに恋人なんかもいたわけです。

ええ、お察しのとおり、次はその恋人の番でした。

私は彼女に誘われて、いやな予感を覚えながらも無理やり花見に連れて行かれたのです。弟が消えてしまったのはずいぶん昔のことでしたから、油断もあったんだと思います。あのとき、最後まで拒めばよかったんだと、いまは後悔しかありません。彼女はウソのように美しくさくらに巻きこまれ、二度と姿を現すことはありませんでした。いえ、姿どころか、その存在の痕跡さえもなくなってしまっていましたよ。彼女が住んでいたはずのマンションには、別の人が住んでいました。激しい絶望が私を襲いましたが、あとの祭りでした。

しかし、不幸中の幸い、と表現するのが適切かは分かりませんが、落ちこんだ状態も長くつづきはしなかったんです。そのうち憂《うれ》いに暮れる私を支えてくれる女性が現れて、私はその人と結婚するに至りました。

もう大切な人を失ってなるものか。そう固く決意したのを覚えています。いくら妻が花見をせがもうと、私は頑《がん》としてそれを拒みつづけました。そんな私を見て、妻は不審がってわけを知りたがりましたが、理由はついに明かしませんでした。それを打ち明けた途端、すべてが、あのまどろみの中へと連れ去られてしまうのではないかと恐ろしかったからです。

やがて、娘が生まれました。

その娘が小学校に入学して、すぐのことでした。とても心の痛む出来事が起こりましてね。娘は学校で、おまえは花見にも行ったことがないのかといじめられ、泣きながら帰ってきたんですよ。

妻と娘の心からの哀願で、私もとうとう折れました。

もうどうにでもなれと、ほとんどヤケにもなっていましたね。私は花見を敢行したんです。

そのときの私は、おかしくなってしまっていました。もし娘が消えてしまっても、妻さえ残っていればまた……。告白すると、そんなとても人間とは思えない、人の道から外れた考えまでもが頭の中に浮かんでいたんです。

妻が消えるということは、ありえないと思いました。はじめから妻がいなかったという設定のもとでは、娘が生まれてくるはずはない。したがって、妻が消えて娘だけが残るという矛盾した状況は起こりえないと思いこんでいたんです。

その考えは見当はずれなものでした。

妻は消え、新たな世界では、娘は身寄りのない少女ということになっていました。私はその子を引き取った、心優しいおじさんですよ。

この子は自分の娘なんだと、そう主張したい気持ちで心が張り裂けそうでしたが、それまでの経験で周囲の反応は十分に予想できましたし、何より、日常生活に支障があると判断されて娘を取りあげられるなんてことになったりしては、目も当てられません。なので私は、今日まで誰にも言うことなく、この事実を内に秘めて生きてきました。すべては一瞬でも非人道的なことを考えた天罰なのだと、自分に言い聞かせて……。

これも、もうずいぶんと昔の話です」

私には、男に掛けるべき言葉が見つけられなかった。

と、そのとき。不意に私は暗闇の中に一筋の光明を見いだしたような思いになって、男に言った。

「その娘さんは、いまはどうしているんですか？　さすがにもう、一緒に花見になど行ってはいませんよね？　それなら、娘さんは消えてはいないはずでしょう？」

　男は小さくうなずいた。

「おっしゃるとおり、娘は消えはしませんでした。ただし、何年も前に結婚して、遠く離れた土地へと旅立っていきましてね。結婚してからしばらくは、ときどき連絡をくれていたんですが、しだいに頻度が減っていき、最近ではそれもなくなってしまいました。

　こちらから連絡する気には、どうしてもなれませんでした。もしかすると、娘はすでに消えていて、はじめからこの世に存在していなかった、なんてことになっていないとも限りませんからね」

「……ですが、あなたと一緒に花見をしなければ、大切な人が消えてしまうこともないんでしょう？」

「もし消えていなくとも、同じことです。いずれにせよ、娘が私のもとを去ってしまうのなら、それは消えたことと変わりはありません。どうせ帰ってこないのなら、そもそも存在などしなかった。そう思ったほうが、どんなにラクか……。ははは、自分で口にしていて可哀《かわい》そうになってくるほど、憐《あわ》れな考え方ですね。ですがそれしか、いまの自分を保つすべはないんですよ。

そういうわけで、私には失うものなんて、もう何も、ないんです」

男は、区切るようにゆっくり言った。その口調には、どこまでも深い諦めの色があった。

私は混乱する頭を整理するように、なんとか口を開いた。

「こういう言い方が適切だとは決して思いませんが……そうするとですよ？　あなたには失うものがなくなった……だからこうして、花見に興じることができるようになった……そういうことになるんでしょうか……」

「まあ、そういうことです」

男の口調は、そうではない、と告げていた。

「失うものなんてない、そう、ないんですよ、何も、もう」

男がそう言った瞬間の出来事だった。

夜空を乱舞するさくらの花びらが、いっせいに男に降りかかった。私の見ている目の前で、何かを覚悟したような表情を浮かべた男は、美しい色にあっという間に呑《の》みこまれていく。

私は声を失った。

――さくら隠し――

不思議と恐怖は感じなかった。

さくらは、この世のものとは思えない美しさと妖しさをもって、男の姿をさらりと散らしてみせた。

淡い塊《かたまり》が、ふわりと落ちる。それは地面に舞い降りてからも、何度か風に踊り狂った。

私は、火照《ほて》った顔であたりを見渡した。

子供たちが駆け抜けて、降り積もった花びらの山が舞いあがる。

ひとりで飲んでいるのに、まるで今の今まで誰かと話していたかのような錯覚を覚えていた。胸を締めつけられるような感覚もあり、この気分は何なのだろうと考えた。

もう一度あたりを見回して、首をかしげる。

手に持った徳利を見やった。これは、どこで手に入れてきたんだっけ。

まあいいやと、徳利に口をつけて傾ける。ぐびぐびと喉を鳴らす。うまい。

ああ、そうか。と、私は思う。

暖かさと寒さが同居する、この美しくも儚《はかな》い空間。

行きどころのない違和感の正体は、きっと、そんな曖昧な場所で開かれる祭りがもたらす、独特の何かなのだろう。

そう考えていくらかすっきりした私は、カラになった徳利をころんとそばに転がして、遠くから流れてくる演歌に聴き惚《ほ》れた。花火は、あがらない。

そして、甘やかな宴は夜通しつづく。

あとがきの夜

しりあがり寿

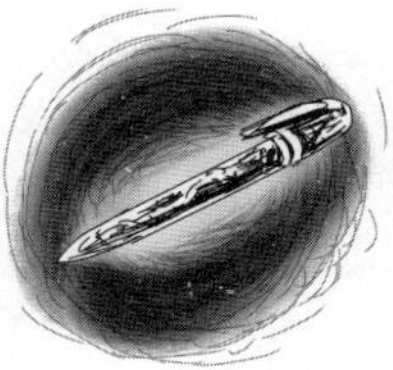

「まいったなー」

足早に人ごみを抜け出すボクの後ろでは人々の楽しそうな笑い声。

帰るのを妨げるかのように目の前を横切る何枚もの桜の花びら。

夜はもう十分に更けているが花見客たちにはまだ宵の口なのだろう。

「何オマエ帰るの?」「ウソ!　おまえほどのお花見好きが?」

「ちょっとね。野暮用でね」と触れたらくずれそうなほど酔っ払った友人たちをかきわけながら花見を後にするボクの「野暮用」とはそう、「〆切」だった。月末までと言われた〆切をもう何日すぎただろう、花見に浮かれたボクのケータイに届いた編集者からの怒りのメールがボクの酔いを醒《さ》ます。

明日の朝までになんとかしなければ！　書かなければならないのはある作品集のあとがきだった。

作者は田丸雅智という若い作家で、自ら書くだけでなく書き方のワークショップまで行ういわばショートショートの専門家だ。自分が今度書かせてもらうあとがきは二〇一六年に作者が出した『ショートショート千夜一夜』の文庫版のものだった。

面白かった。オモシロイからこそその魅力を伝えるあとがきに悩んだ。うーん、あの作品の魅力をどう書こう？　とにかく家に帰り、コーヒーをたっぷり淹れて机の前に座らなければ！　と、早足で家に向かう自分の目にふと覚えのない路地が映った。

おや、こんなところに路地が？　遠くからはまだ花見の歓声が聞《あ》こえてくるが、路地の中は物音一つしない。ただ目を凝らすと奥の方にボンヤリ灯《か》りが見える。ボクは見知らぬ路地を素通りできるような人間ではない。幸いこの路地は自分の家の方角に続いている。きっと今まで気づかなかった近道に違いない。路地を奥に進んでゆくと、両側から古い家並みが軒を接するように路地にせまり、トンネルをつくっている。路地の奥、ボンヤリ見えた灯りは小さなお店のものだった。

「あとがきや」

店先に下げられた小さな提灯《ちょうちん》に達筆で確かに「あとがきや」と書いてある。

これぞ自分の求めていた店ではないか！　こんな夜更けに見知らぬ路地の奥で自分があとがきを書こうとしている時にちょうど目の前に現れた「あとがきや」を不思議とも思わず、ちゅうちょなく店に入った。店の奥には小柄な店主が一人、そしてその周りにはガラスケースから飾り棚、そして壁という壁にびっしりと大小様々なペンが飾ってあった。

「いらっしゃい」

「あ、ここはその……」

「あとがきやでございます」

「ということは？」

「ペンを選んで後はスラスラ……」

「スラスラっていやしかしこのたくさんのペン……」

「ペンをよく見てみなさい」

うながされて見るとひとつひとつにタグのようなものがぶら下がっていて小さな文

字で何やら書いてある。試しに古くて大きなゴッゴツしたペンを手に取ってみる。

「古くて長くてスケールがでかくて騎士とか竜とか出てくる物語のあとがきに最適」

なんだ、中世の叙事詩のあとがきでも書くのか？　いまごろそんなものにあとがきを書く必要があるのか？　いやまたどこかで全集を出す可能性もあるかもな。いずれにしろ今必要なのはこれじゃないな。

また近くの違うペンを手に取る。今度はすきとおったガラスのような細いペンだった。タグを読むと「不治の病を患った少女と少年の淡い恋」。

あー、ダメだ。ボクはこういうの読めない。泣いちゃうし泣いちゃうと負けたって思うし。急いでペンを戻すと反対側の壁のものを物色する。目についたのはなんとも素朴な木製のペンだったが先に行くにしたがって軸がねじれていくようになっているのが面白かった。

「下町人情物の決定版　貧しくても明るく暮らす家族の……」

あー、こういうのもダメだ。読めば面白いのは分かってるんだけどなんか物足りないというか。いや面白いんだけど、だいたい息子はわんぱくで娘は器量がよくて……、壁に戻そうと思ってふと続きに目をやると「貧しくても明るく暮らす家族の家の地下には暗黒秘密帝国が広がり、娘はその陰謀で戦う少女戦士シタマチとして時空を超える存在となるというたぐいの話のあとがきにうってつけ」ってなにこれ？　下町人情物の決定版じゃないし、すごく読みたい！　ていうかそんな物語あるのか？　そんなたぐいの物語って？　思わず興奮して次々とペンを見ていると店主があきれたように声をかけてきた。

「あんた〆切が近いんじゃろう？　ほら、このペンはどうじゃな」

なぜ店主が〆切が近いことを知っているのか不思議だったが、ボクは薦められたペンを手に取ってみた。それはいくつもの小さなキラキラとしたガラスのようなもので作られたペンで、思わず手に取りたくなる不思議な魅力のペンだった。そのタグには、「ショートショートの傑作集向け。ファンタジーやＳＦやジャンルにとらわれず意外な発想が縦横無尽に駆使される。意外性と必然性のバランスも秀逸で、どんな不思議がおこってもそこには心地よい驚きと共に『ああ、ここではそんなこともあるかもしれないな』という一種の納得が感じられる。それは様々なお話をひとつの神社をとりまく小さな町の中の出来事に設定した故かもしれない。笑いも恐怖もあるものの全体としてなんとも言えない懐かしさが漂うこの設定は、おこる不思議にある種のリアリ

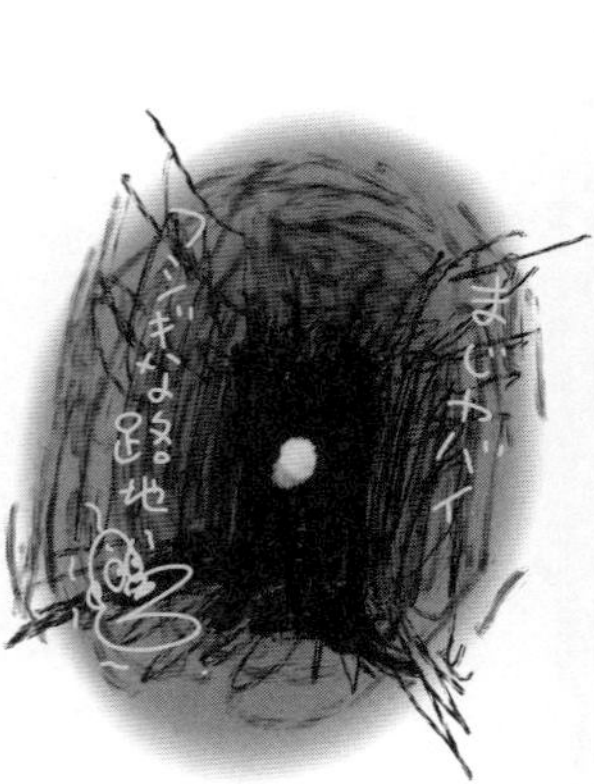

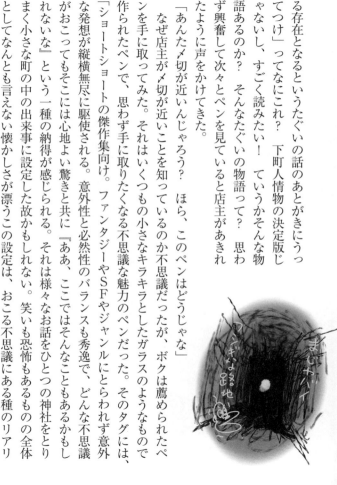

ティーを与えている。この作品を読んで読者が得るのは不思議の大切さ、不思議があることで毎日が豊かになること、不思議こそがこの世界に人々を引きつける魅力だということだ。そして多くの読者は子供のころ自分は多くの不思議の中で暮らしていたことを思い出し、それが今失われてゆくことを……」。

自分の求めていたのはこのペンだ！　この文章をなんとか読みやすくすれば……これください！　と品物を包んでもらう間ももどかしく外に出た。空はすでに白み始めていた。でも大丈夫だ、このペンがあればあとがきは夜が明けるまでに書きあがるだろう。ペン先を紙の上に置いた瞬間、ペンはスラスラとあとがきを書き始める。ボクは路地を出て通いなれた道を家に一目散に向かった。と、ふとボクは立ち止まって今来た道を引き返しあの路地を探した。自分の本職は漫画家だ。いつもかっこいいメカが描けなくて悩んでいた。あの路地の奥の「あとがきや」のまた奥に「かっこいいメカが描ける屋」があるに違いない。夜が明けきる前に探さないと消えてしまうかもしれない。

町が明るくなり一番鶏《いちばんどり》が鳴いた。見慣れた多魔坂神社の森が、昨夜のお花見の疲れかいつもより静かにこんもりとしているように見えた。

（しりあがり・ことぶき／漫画家）

本書のプロフィール

本書は、二〇一六年七月に小学館より単行本として刊行された作品を加筆修正し、文庫化したものです。

小学館文庫

ショートショート
千夜一夜《せんやいちや》

著者　田丸雅智《たまるまさとも》

二〇一八年七月十一日　初版第一刷発行
二〇二〇年四月十二日　第二刷発行

発行人　飯田昌宏
発行所　株式会社 小学館
〒一〇一-八〇〇一
東京都千代田区一ツ橋二-三-一
電話　編集〇三-三二三〇-五六一七
　　　販売〇三-五二八一-三五五五
印刷所――――図書印刷株式会社

ISBN978-4-09-406538-1